길들여지지 않는 슬픔에 대하여

CONFESSIONS

생의 마지막 순간에 나눈 침묵의 인사

길들여지지 않는
슬픔에 대하여

OF A FUNERAL
DIRECTOR

칼렙 와일드 지음
박준형 옮김

살림

장의사, 가장 개인적이고 힘든 순간을 함께하다

나는 펜실베이니아 파크스버그에서 일하고 있는 장의사다. 이런 직업 덕분에 나는 사람들의 가장 사적인 시간을 함께해왔다. 그리고 사람들이 가장 힘들어하는 순간을 보아왔다. 신뢰와 믿음을 바탕으로 개인적인 사연을 듣기도 하고, 개중에는 듣지 않는 편이 좋았을 끔찍한 이야기도 있었다.

이렇게 내가 장의사로서 일하며 겪은 경험의 조각들을 이어 붙여서 이야기로 만들었다. 이 책에 나오는 모든 인명은 그들의 사생활을 보호하기 위해 가명으로 썼음을 밝힌다.

1
죽음 뒤에 남는 것이
절망만은 아니다

죽음의 손길이 무조건 메마르고
차갑기만 한 것은 아니었다.
나는 죽음 속에서 삶을 찾고 싶었고,
장의사로서의 삶을 확인하고 싶었다.

집에서 100미터도 떨어지지 않은 곳에서 요란한 헬리콥터 소리를 들은 건 새벽 6시가 가까웠을 무렵이었다. 당시 아내인 니키와 나는 파크스버그에서도 가장 변두리에 있는 연립주택에 살았다. 파크스버그 중심가에서는 가끔 헬리콥터 소리를 들을 수 있었다. 하지만 우리가 살던 자그마한 집은 어퍼 밸리 로드의 철길과 도로 사이에 끼어 있었다. 남쪽을 지나치는 철길은 우리 뒷마당에서 고작 30미터 떨어져 있었고, 대문을 열고 나가면 코앞으로 차들이 지나다녔다.

창문 밖으로 고개를 내밀어보았지만, 헬리콥터는 소리만 선명하게 들릴 뿐 어디에 있는지 도통 보이지 않았다. 뭔가 나쁜 일이 생긴 게 분명했다. 텔레비전을 켜자 아니나 다를

까, 필라델피아 방송국에서 속보를 내보내고 있었다. 프롬프트를 읽는 앵커의 목소리는 언제나처럼 능숙하면서도 리듬감 있게 느껴졌지만, 걱정하는 기색이 역력했다.

"어린 소년 두 명과 숙모, 삼촌이 지난 밤 늦게 파크스버그 체스터 카운티 외곽에서 발생한 차량 충돌과, 그로 인한 화재 사고로 사망했습니다."

파크스버그는 필라델피아에서 한 시간 거리였다. 고작 인구가 3,000명에 불과한 이곳 주민들에게 필라델피아는 가장 가까운 대도시였다. 평상시 필라델피아는 파크스버그의 존재 자체도 몰랐지만 끔찍한 일이 생겼을 때는 달랐다. 그날 필라델피아의 새벽 6시는 파크스버그에 관한 소식으로 채워졌다.

고인의 가족이 내게 연락을 하기 전에 페이스북으로 부고 소식을 들은 적은 몇 번 있었다. 하지만 텔레비전과 방송으로 부고 소식을 전해 들은 건 처음이었다. 그날 아침 나의 일터이자 우리 가족이 운영하는 장례식장으로 출근해서야 뉴스에서 본 네 명의 장례식을 모두 맡게 되었다는 걸 알았다. 열 살과 여덟 살인 아이들은 시신의 상태에 따라 염을 하고, 오픈 캐스킷(Open Casket: 장례식 때 조문객들에게 방부 처리된 시신을 공개하는 것 - 옮긴이)을 할지 여부를 정하기로 했다.

다음 날 검시관이 일을 마친 후, 나는 먼저 숙모와 삼촌의 시신을 옮겼다(우리 차는 성인 두 명의 시신을 반듯이 눕혀서 이동시킬 수 있을 만큼 공간이 넉넉했다). 어른들의 시신을 장례식장으로 운반한 후 곧장 아이들의 시신을 옮기기 위해서 차에 올랐다. 특히 가슴 아픈 장례식을 치를 때면, 나는 조용히 운전만 하거나 잡념을 없애려고 라디오에서 흥겨운 음악을 찾아 틀었다. 신나는 팝송이건, 옛날 노래이건, 케이티 페리이건 아무것이나 좋다.

장례식장으로 시신을 운반한 다음에 내가 할 일은 시신이 담긴 부대를 열고 아이들의 얼굴을 장례식 조문객들에게 공개해도 좋을지 확인하는 것이었다. 사람의 살이 타면 특유의 냄새가 났다. 닭이나 돼지를 구울 때 나는 냄새와는 달리 사람이 탄 냄새는 머리와 옷에 배어서 사라지지 않았다. 그때 내가 본 아이들의 모습을 평생 지우지는 못할 것이다. 요즘에는 영화 속에서 화상을 입는 장면을 그려내기도 한다. 이 또한 끔찍하지만, 스크린은 비극적인 죽음을 제대로 비춰내지 못한다. 비극적인 죽음이 가진 묵직한 존재감은 특수 분장이나 효과로 표현해낼 수 없다.

어떤 죽음이든 특별한 존재감이 있다. 하지만 비극적인 경우는 그 묵직함이 방 전체를 채운다. 유령의 존재는 잘 모르겠지만, 죽음 자체에는 분명 영기가 있다고 믿는다.

나는 아이들의 얼굴을 장례식에서 공개할 수 있는지를 확인하기 위해서 시신을 꼼꼼하게 살폈다. 어떻게든 작업을 해서 가족들에게 아이들의 마지막 얼굴을 보여주기 위해 손상되지 않은 부분이 있기를 바랐다. 그러나 불행하게도 온전한 부분을 찾을 수 없었다. 슬픔에 잠긴 아이 부모에게 방법이 없다고 알려야 했는데, 왠지 죄책감이 들었다. 이럴 때면 내 마음속으로부터 또 주변 사람들로부터 어떻게든 시신의 모습을 원래대로 복원해야 한다는 압박을 받곤 한다. 장의사가 마법학교에 다니는 해리포터와 같은 마법사라면 얼마나 좋을까? 마법 지팡이를 휘두르며 '수리수리 마수리'를 외치면, 고인이 살아생전의 모습으로 돌아오는 것이다. 그러면 얼마나 좋을까? 하지만 장의사에게는 마법 지팡이도, 마법의 주문도 없다.

사고 희생자의 유가족들은 여러 가지 이유로 심란했다. 이들은 누구에게 장례식을 맡겨야 할지를 두고 싸웠다. 한쪽에서는 일반적인 방식으로 장례식을 치르길 바랐고, 또 다른 쪽에서는 종교적으로 치르길 바랐다. 서로에게 위협을 하고, 해서는 안 될 말을 했다. 결국 경찰까지 동원되었다. 제대로 장례식을 치를 수 있는지 확인하기 위해 장례식 하루 전날에 경찰이 와서 계획을 확인했다.

나는 경찰관에게 장례식 절차를 순서대로 말해주다가 쓰러졌고, 잠깐 동안 의식을 잃었다. 경찰이 구급차를 불러서 나를 병원으로 이송했다. 나중에 과로라는 진단을 받았다.

내 신체에 어떤 이상이 생겼는지 모르는 상황에서 구급차에 실려 가는 동안 내 머릿속은 너무나 복잡했다. 나는 정말 이 일을 계속하길 바라는 걸까? 이게 정말 내가 원하는 일일까? 내가 바라는 게 있기는 할까?

구급차 창밖으로 도로 근처의 집에서 켜놓은 불빛과 네온사인이 빠르게 스쳐가는 모습을 멍하니 바라보았다. 사실 몇 달 전부터 나는 우울증으로 고생하고 있었다. 의사는 내가 매일 우울증과 싸울 수 있도록 항우울제를 처방했다. 하지만 번아웃에 빠져서 완전히 지쳐버린 나는 전혀 나아질 기미를 보이지 않고 있었다. 삶은 가치를 잃었고 내게는 더 이상 슬퍼할 힘도 남아 있지 않았다. 나 자신을 추슬러 자해하지 않도록 막아줄 통제력이 조금씩 사라지고 있었다.

처음 장의사로 일하기 시작했을 때 몇 년 동안은 마치 깊은 물에서 헤엄을 치는 오리가 된 기분이었다. 밖에서 보면 고요하고, 별 문제 없어 보이고, 자연스러웠다. 하지만 물 밑에서는 어두운 바닷속으로 끌려 들어가지 않도록 온 힘을 다해 두 발을 움직이고 있었다. 알고 선택한 길이었다. 하지만 내가 괴로운 이유는 죽음과 너무 가까운 내 직업 때문이 아니었다. 내가 죽음을 바라보는 방식이 날 파괴하고 있었다. 나는 죽음이 너무나 캄캄한 암흑과 같다고 생각했다. 그래서 종교가 필요했고, 계속 부정하다보면 조금씩 그 무게가 가벼워질 줄 알았다. 죽음에는 좋은 점이 전혀 없다고 생각했다. 그때 누군가 내게 죽음이 나쁜 것만은 아니고, 장점도 있으며, 건강한 영혼을 갖기 위한 힘을 준다고 말했다면, 나는 그가 침울하고 순진한 사람이라고 생각했을 것이다.

나는 자라는 동안 늘 죽음 가까이에 있었다. 하지만 대부분의 사람들이 그렇듯 '죽음에 대한 부정적인 인식'(내가 만든 말이다)에서 벗어나지 못했다. 실제 비극적이고, 트라우마를 만드는 죽음을 텔레비전과 인터넷, 일터에서 너무 많이 보았다. 이런 극단적인 상황에서 죽음은 일상이 되었고, 나는 모든 죽음이 끔찍하다고 믿게 되었다. 죽음의 부정적인 인식에 빠지게 된 것은 내 잘못이 아니었다. 비극적인 죽음은 뉴스거리가 되고, 클릭 수를 높인다. 게다가 계속 사람들의 관심을 끈다. 하지만 나는 비극을 일상으로 만들어버리는 바람에 죽음에 대해 암울한 시각을 갖게 되었다. 이로 인해 도덕적인 공포는 더 커졌다. 이렇게 만들어진 마음속 괴물은 점점 더 강해졌다.

미디어가 극단적인 사례를 일반화하는 경향이 있지만, 죽음에 얽힌 부정적인 인식은 사람의 DNA 속에 각인되어 있다. 인간은 죽음에 저항하는 가장 발전된 기계라고 할 수 있다. 죽음의 맹공격에 맞서 싸울 수 있는 매우 발달된 시스템을 가지고 있기 때문이다. 그중에서 단연 최고로 꼽을 수 있는 것은 어떤 싸움도 이겨낼 수 있는 인간의 뇌이다. 인간의 뇌는 생명을 유지하고, 투쟁-도피 반응(Fight-or-Fight)을 통해서 진화할 수 있는 기회를 준다. 죽음은 인간의 진화 과정에서 가장 오랜 적이다.

인간은 죽음과 싸우고 있다. 모두가 짧게는 40년에서 길게는 90년 동안 죽음과 싸움을 계속하며, 대부분은 승리한다. 하지만 여전히 죽음의 공포는 우리의 DNA 속에 내재되어 있어서 죽음을 생각할 때마다 머리가 마비된다. 개중에 가장 이성적인 부류들도 죽음에 얽힌 부정적인 생각에 직면할 때는 객관성을 잃지 않으려 노력한다.

내가 이런 부정적인 사연에 취약한 또 다른 이유는 시신을 수없이 봐왔지만, 막상 누군가 사망하는 순간을 함께한 적이 없기 때문이었다. 사랑하는 누군가의 임종을 지켜보며 손을 잡고 작별 인사를 하는 소중한 경험을 누린 사람도 있지만 그렇지 못한 사람들이 대다수이다. 대부분의 임종이 요양원이나 병원에서 면회가 금지된 상태에서 이루어지기 때문이다. 과거에는, 혹은 지금도 미국 외의 다른 문화에서는 가족이나 친구가 '일종의 호스피스'가 되고, 집이나 공동체 안에서 함께 임종을 치렀다. 하지만 지금은 의사와 간호사가 가족과 친구를 대체했다. 현대 의학의 발전이 만들어낸 의도치 않은 결과다.

사람이 죽음을 두려워하는 이유는 사후 세계를 알지 못하고, 보지도 못하고, 만질 수도 없기 때문이다. 알지 못하기 때문에, 무조건 어둡고 부정적으로 그려버린다. 만약 죽음과 망자를 보고, 만지고, 잡을 능력이 있었다면 죽음에 대한 부정적인 인식이 지금처럼 강하지 않았을 것이다.

기독교 집안에서 나고 자란 나의 성장 과정이 죽음을 둘러싼 부정적인 이미지를 더욱 악화시켰다. 기독교에서는 죽음이 끔찍한 죄악에 대한 벌이자 저주라고 가르친다. 우리 모두 죽음으로 얼룩지게 된다고 한다. 죽음은 자연스러운 것이 아니고, 인간에게 건전한 것도 아니라는 생각을 주입한다. 사람이 매 순간 죄의 유혹에 빠지지 않도록 노력하듯, 매번 죽음과 사투를 벌인다. 마치 죽음을 극복해내야 하는데, 결국 모두 죽게 되는 부족한 존재인 양 치부한다.

나는 죽음을 다른 관점에서 바라보아야만 했다. 그러려면 나 자신에게 죽음에 관한 새로운 이야기를 들려주어야 했다. 죽음은 어두운 동시에 밝다. 이런 명과 암의 대비 속에서 죽음에 관한 긍정적인 인식을 찾을 수 있을 것만 같았다. 명과 암이 만들어내는 무지개는 다채로운 색깔과 그늘, 색조, 가치를 가지고 있다. 죽음이라는 폭풍 속에 이런 무지개가 숨어 있었지만, 우리는 그 아름다운 색깔을 보지 못하게 되어 버렸다.

나는 감히 죽음 속에도 좋은 것이 있고, 긍정적인 기운이 있다고 말하려고 한다. 죽은 아이를 붙잡고 비통해하는 어머니의 눈을 보았고, 남편을 잃고 애끓어하는 미망인도 보았다. 하지만 다행히 죽음은 슬픔으로 끝나지 않았다. 그 속에서 강인함을 목격할 수 있었다. 죽음의 손길이 무조건 메마르고 차갑기만 한 것은 아니었다.

어쩌면 나에게서 이미 '죽음에 긍정적인 기운이 있다'는 말을 들은 사람들도 있을 것이다. '죽음이 생각만큼 힘든 것은 아니다'라는 뜻이라고 생각할지도 모르겠다. 하지만 분명히 말하는데, 죽음이 힘들지 않다는 의미가 아니다. 죽음의 고통은 부정할 수 없다. 상상하는 것 이상이다. 내가 하려는 말은 우리가 알고 있는 죽음이 불완전한 이야기라는 것이다. 죽음은 마치 개펄의 진흙과 같아서 질척거리고 혼란스러우며, 그 위를 걷기는 너무나 어렵다. 하지만 놀랍게도 그 속에는 소중한 생명의 요소가 들어 있다. 그 속에 씨앗을 심으면 새로운 생명이 싹트도록 돕는다.

죽음은 단순히 질척거리고 혼란스럽기만 한 게 아니다. 사람들은 죽음을 '손실'이라고 생각한다. 맞는 말이다. 하지만 죽음에서 나의 가장 진솔한 면을 찾고, 더 강한 유대를 왕왕 찾아내기도 한다. 또 누군가는 죽음의 공포를 이겨내며 삶을 더 충만하게 사는 법을 배우기도 한다. 죽음의 DNA 속에 눈부신 아름다움이 내재되어 있다는 뜻은 아니다. 다만 고통과 인내의 미덕을 발견할 수 있고, 여기에서 성장의 스펙트럼이 만들어진다는 뜻이다.

나는 지금까지 살면서 줄곧 죽음을 벗어나 의미를 찾으려고 애썼다. 죽음의 손길 밖에서 의미를 찾으려고 노력했던 이유는, 죽음이 두려웠고, 거기에는 부정적인 의미밖에 없다고 생각했기 때문이다. 하지만 그날 구급차에 실려 병원으로 가는 길에서 나는 너무나 절박한 나머지, 죽음에 얽힌 부정적인 인식을 긍정적으로 다시 생각해보려고 노력했다. 장의사라는 직업을 계속하기 위해서는 반드시 넘어야 할 마지막 단계였다. 우울증이 너무 심해서 버거울 지경에 이르렀다. 죽음 속에서 조금이라도 긍정적인 것을 찾지 못하면, 일을 그만둘 수밖에 없었다. 그렇지 않으면 나 자신을 해하게 되거나, 건강을 해치는 약을 먹으면서 버텨야 할 상황이었다. 고통을 미화시킬 생각은 없었다. 고통도 겪어봐야 한다고 다독이려는 것도 아니었다. 내 몸 안에서 생존 본능이 발동하고 있었다. 자연스럽게 죽음을 받아들인 우리 선조들과 달리, 나는 죽음에 기대지 않고는 장의사로서 살아갈 수 없었다.

내가 누워 있는 곳은 차가운 구급차 바닥이었다. 이동식 침대에 몸이 묶인 채, 정말 오랜만에 고개를 들어 천장을 바라보았다. 가끔 눈을 들어 하늘을 바라보면 우울했던 기억이 좋은 기억으로 바뀔 때가 있다. 실로 오랜만에 가장 꼭대기의 빛을 볼 수 있기 때문이다.

내게 선택권이 있다는 생각이 들었다. 장의사를 그만두고 원하는 다른 것을 선택할 수도 있었다. 삶, 관계, 직업에서 어느 정도 선택의 자유가 있다는 사실에 힘이 났다. 당장 장의사를 그만둔다고 해도 누구 하나 비난하지 않을 것이다. 더 이상은 감당할 수 없다고, 대대로 물려온 가업을 그만두고 싶다고, 다른 일을 해보고 싶다고 말해도 괜찮았다.

하지만 나는 다음 날 의사의 조언을 무시하고 일터로 나갔다. 내가 대대로 장의사였던 와일드 집안의 사람이기 때문이 아니다.

생계를 유지해야 했기 때문이 아니다.

파크스버그가 날 필요로 했기 때문이 아니다.

아버지와 할아버지를 도와야 했기 때문도 아니다.

그저 내가 원했기 때문이다.

이 책은 '죽음은 부정적인 것'이라고 믿던 내가 죽음에서 더 큰 의미를 찾는 과정을 그린 것이다. 나는 우리 집안의 가업을 물려받았고, 내 개인적인 신념에 의문을 가졌고, 결국에는 죽음과 장의사라는 직업의 긍정적인 면을 찾게 되었다. 듣기 쉬운 이야기는 아니다. 스파게티와 미트볼 접시를 앞에 놓고 나눌 담소거리는 아니다. 하지만 내게는 중요한 과정이었다. 죽음의 수수께끼 속에서 정신적인 면을 다시 생각할 수 있는 좋은 기회였다.

나는 죽음 속에서 삶을 찾고 싶었고, 장의사로서의 삶을 확인하고 싶었다.

2
관 옆의 아이들

죽음은 그 누구도 기다려주지 않는다.

나는 로미오와 줄리엣처럼 운명적인 연인 사이에서 태어났다. 로미오와 줄리엣이 장의사 가문이었다면, 우리 부모님은 정말이지 로미오와 줄리엣과 똑같았을 것이다. 우리 아버지는 와일드 집안의 5대째 장의사였고, 어머니는 브라운 장의사 집안에서 4대째 가업을 이었다.

어머니는 자라면서 외할아버지가 얼마나 힘들게 일하는지, 장의사의 작업 환경이 얼마나 어려운지를 절실하게 느꼈다고 한다. 그래서 절대 장의사가 되거나, 장의사인 남자와는 결혼하지 않겠노라 결심했다 한다. 어머니는 부모님, 언니들과 함께 휴가를 가서도 집에 있는 자동 응답기를 계속 확인하느라 제대로 즐기지 못했던 이야기를 자주 해주었다. 누군가 사망했다는 부고 소식이 있으면, 똥 씹은 표정을 하고는 그 즉시 집으로 돌아왔다고 한다. 물론 휴가는 거기에서 끝이었다.

우리 아버지는 더 나쁜 기억도 있었다. 여자 형제가 둘인 아버지는 부모님과 온 가족이 펜실베이니아에서 대형 왜건을 타고 자그마치 여덟 시간 걸려 플로리다까지 놀러 간 적이 있다고 한다. 디즈니랜드에 있는 미키마우스를 보겠다는 일념에서였다. 하지만 플로리다 주 경계를 넘었을 때, 할아버지가 집에 있는 응답기를 확인하자 부고 소식이 녹음되어 있었다. 가족들은 장례 절차를 위해서 곧바로 집으로 돌아와야 했다. 죽음은 그 누구도 기다려주지 않는다. 미키마우스를 보러 갔던 날도 예외는 아니었다.

하지만 인생은 알 수 없어서, 어머니는 절대 장의사와 결혼하지 않겠다는 굳은 다짐에도 불구하고 이웃 도시에 있는 경쟁 장의사 집안의 아들과 결혼했다. 고등학교 연극반 스태프였던 아버지는 죽음에 둔감해진 전형적인 장의사 아들과는 달랐다고 한다. 장의 학교의 다른 학생들처럼 로드킬당한 동물을 염하는 취미도 없었다. 아버지는 장발에, 존 레논의 안경과 비슷한 안경을 쓴, 활달한 성격의 소유자였다.

학교를 졸업한 다음에는 가업을 잇지 않을 생각이었다. 집안의 압력을 받으면서 자란 아이들이 흔히 그렇듯, 처음에는 재능과 꿈을 좇으면서 반항 아닌 반항을 했다. 처음에는 콜로니얼 윌리엄스버그(Colonial Williamsburg: 버지니아 주에 있는 야외박물관 – 옮긴이)에서 총기 제작 견습생이 되었고, 나중에는 콜로니얼의 집을 재건하는 건축업자가 되었다. 하지만 내가 태어날 즈음에 아버지는 가업을 이어야 한다는 생각이 열정보다 더 커졌고, 결국 와일드 집안의 5대째 장의사가 되었다.

그러니까 나로 말할 것 같으면 아버지 쪽인 와일드 집안의 6대째 장의사이자, 어머니 쪽으로는 브라운 집안의 5대째 장의사이다. 두 집안을 합쳐서 자그마치 아홉 세대에 걸친 장의사의 피가 내게 흐르고 있는 만큼 타고난 장의사라고 말하고 싶지만, 나는 그저 나일 뿐이다.

나는 가족적인 분위기와 직업적인 면이 혼합된 가문에서 자랐다. 어머니가 어린 시절을 보낸 집은 브라운 장례식장인 동시에, 외할머니의 취향에 따른 분위기, 인테리어로 디자인되어 있었다.

어린 시절에 내가 가장 좋아했던 놀이는 관을 보관하는 방에서 사촌들과 숨바꼭질을 하는 것이었다. 우리는 서로의 낄낄대는 웃음소리나 서로가 내는 소리를 들으면서 바닥에 깔린 고급 카펫 위를 기어 다녔다. 온화하셨지만 보수적인 외

할아버지의 눈에는 관이 놓인 방에서 아이들이 뛰어다니는 행동은 위험해 보였다. 관은 비싼 물건이었다. 가장 저렴한 소나무 관마저도 중고 모페드(전동 자전거)만큼 비쌌다. 우리는 다양한 철제 장식과 나무로 된 관 주변을 돌며 숨을 곳을 찾았다. 작은 손가락으로 매끈한 관 표면을 망치면 안 되기 때문에 절대 관을 만지지 않도록 조심했다. 관 밑에 숨기도 하고, 뒤에 숨기도 했다. 하지만 절대 관 속에 숨어서는 안 되었다. 그게 유일한 규칙이었다.

양가 할아버지 모두 자택에서 장례식장을 운영하셨다. 그래서 친가나 외갓집에서 가족 모임을 갖거나 일요일마다 방문할 때, 사촌들과 나는 시신을 보는 일이 낯설지 않았다. 외갓집은 장례식장 1층에 거실이 있었기 때문에 시신을 더 자주 보았다. 식당과 거실은 다용도로 사용되었다. 의자 배치를 바꾸면 식당과 거실은 고인을 안치하는 장소가 되었다가, 고인을 애도하는 공간이 되었다가, 다시 우리 가족이 휴식을 즐기는 장소가 되곤 했다. 사람들의 눈물로 가득했던 공간이 몇 시간 만에 아이들의 웃음과 할머니가 만든 맛있는 음식으로 채워진 공간으로 탈바꿈했다. 아이가 죽음에 둘러싸여 생활한다는 건 이상하거나, 약간 무섭게 느껴질 수도 있다. 하지만 죽음이 우리 생활에서 자연스러운 일부라는 사실을 어렸을 때부터 거부감 없이 받아들였다.

장례식을 치르는 예배당은 거실과 가까워서, 우리는 삶의 공간과 망자의 공간을 쉽게 넘나들었다. 심지어 예배당과 거실은 얇은 벽 하나를 사이에 두고 있었다. 그래서 시신이 예배당에 안치되어 있을 때엔 우리 가족들은 거실에 들어가면서 목소리를 낮추곤 했다. 하지만 장례식을 위한 예배당은 전혀 다른 무엇인가가 담겨 있는 독립적인 공간처럼 느껴졌다. 그곳에 들어갈 때면 신성한 영역에 들어가듯이 발꿈치를 들고 들어갔다.

한편 아버지 쪽인 와일드 집안은 1층에 장례식장이 있었고, 2층에 가정집을 두셨다. 사실 우리 할아버지는 2층에 있는 침실에서 태어났다. 할아버지가 태어난 방에는 당신께서 즐겨 사용하시는 1980년대 초반에 구매한 버건디 컬러의 낡은 레이지보이 안락의자가 놓여 있었다. 계획대로라면 할아버지께서는 이 안락의자에서 돌아가실 것이고, 같은 방에서 태어나고 세상을 떠난 특별한 사람이 될 것이다.

와일드 할아버지와 브라운 할아버지 두 분 모두, 내게 시신이 보관된 영안실에는 무슨 일이 있어도 들어가서는 안 된다고 주의를 주었다. 위험한 화학 물질과 도구가 있고, 내가 이들을 사용할 수 있는 허가를 받지 못했기 때문이라고 했다. 하지만 몇 번인가 위험, 미스터리, 죽음이 충돌하는 영안실 문 너머로 무슨 일이 벌어지고 있는지 궁금해 들여다본 적이 있었다.

언젠가 브라운 할머니가 할아버지에게 잠깐 할 말이 있어서 부엌에서 영안실로 들어갈 때 나도 따라 들어간 적이 있었다. 살짝 훔쳐본 바로는 할아버지가 마스크를 쓰고, 장갑을 끼고, 전신 안전복을 입고 계셨다. 방에서 강한 세척액 냄새가 쏟아져 나왔다. 산업용 등이 켜져 있었고, 고인이 눕혀진 테이블은 약간 위쪽으로 비스듬하게 기울어져 있어서 머리가 위쪽으로, 다리가 아래쪽으로 되어 있었다. 성기 위에는 페이퍼 타월이 한 장 덮여 있었다. 한쪽에서는 환풍기가 큰 소리를 내면서 돌아가고 있어서 할머니는 할아버지에게 소리를 질러야 말을 전달할 수 있었다.

할머니는 실용적인 일을 모두 도맡아했다. 장례식을 준비했고, 전화를 받았고, 가족의 식사를 요리했으며, 집안일을 담당했다. 덕분에 할아버지는 장의사 일에 집중할 수 있었다. 말하자면 할머니는 브라운 장례식장의 최고 운영 책임자였고, 할아버지는 기업의 CEO였다.

할아버지는 시신 옆에 서 있었다. 영안실의 테이블은 할아버지가 손쉽게 필요한 일을 할 수 있도록 허리보다 약간 높왔다. 할아버지는 큰 바늘을 시신의 배에 찌르고 있었다. 바늘은 느리지만 정확하게 움직였다. 내가 안을 들여다보자마자 문은 닫혔다. 피는 보이지 않았고 장기도 없었다. 유령도 없고 이상한 소리도 들리지 않았다. 그때의 나는 너무 어려서 영화나 비디오 게임 속의 미화된 폭력에 무감각해지기 전이었다. 죽음의 의미도 잘 몰랐다. 그래서 내게 죽는다는 것은 거대한 바늘에 꽂히는 아픔 정도였다. 어린 마음에 아무리 죽은 사람이라도 거대한 바늘에 찔리면 아플 것만 같았다. 심지어 죽은 사람의 배 위에서 바늘을 놀리고 있는 할아버지에게 약간 화가 났다(나중에야 바늘의 이름이 투관침이라는 것을 알았다).

내게 죽음은 '직업적인 일'이었다. 그리고 장의사로서 시신을 다루는 것이 우리 집안의 전통이었다. 그렇지만 나는 1980년대에 흔히 볼 수 있는 아이들 중 하나였다.

죽음에 무감각한 기분 나쁜 아이로 자라지 않았고, 귀신점을 치거나 작은 동물을 죽여서 해부한 적도 없다. 트랜스포머 로봇 장난감을 좋아했고, 리복 펌프를 애지중지했으며, JC페니 백화점 할인 매대에서 옷을 샀다. 내가 죽음과 가까이에서 성장했던 배경은 우울한 성격으로 발전하지는 않았다. 그러나 완전히 다른 방식으로 나타났다.

내 환경은 다른 아이들과 달랐다. 직접적으로 죽음을 경험한 적이 없으면서도, 죽음은 내 어린 시절 전체에 배어들었기 때문이다. 죽음 이후의 사후 세계에 대한 생각은 나를 좀먹었고, 결국에는 파괴시켰다.

3

새롭게
만들어주는 것들

죽음은 한 번 스치고
지나가는 경험이 아니다.
인생 전체에 걸쳐
반복적으로 발생하는 것이다.

관과 시신 가까이에서 지내는 생활이 일상이었던 내게, 삶
이 너무 짧다는 사실은 아주 민감하게 다가왔다. 나는 한번
도 무모하고, 난공불락과 같은 젊음을 느껴본 적이 없다. 마
치 죽음의 먹구름이 늘 내 마음속에 드리워 있는 것 같았다.
밤이면 침대에 누워서 프로 야구 선수가 되거나 람보르기니
카운타크를 운전하는 내 모습을 상상하는 대신, 죽음에 대해
서 생각했다. 죽음은 언제, 어떻게 시작되고, 죽은 다음에는
어떤 일이 벌어지는 것일까?

　이 밖에도 더 큰 궁금증들이 생겼다.

　죽는다는 것은 어떤 기분일까?

　나는 죽으면 어떻게 될까?

죽으면 끝일까?

천국은 있을까? 지옥은?

왜 신은 고통 받는 인간을 돕지 않는 것일까?

아주 가끔은 천국에서 람보르기니를 운전하는 내 모습을 상상했다. 살면서 그 비싼 차를 살 수 있을 것 같지 않았기 때문이다.

그때 나는 어렸고, 죽음과 종교가 서로 복잡하게 얽혀 있다고 생각했다. 죽음과 종교는 긴밀한 파트너였다. 어쩌면 죽음이 종교의 이유인지도 몰랐다. 죽음에 대한 공포와 이로 인한 상실감, 더 나은 삶에 대한 열망이 모두는 아니더라도 일부에서 종교를 믿는 원인이 된다. 죽음과 종교는 서로의 존재 이유가 되며 공통점을 공유한다. 종교와 마찬가지로 죽음은 성스럽고, 뭐라 말할 수 없고, 감정적이다. 종교적인 경험이 그렇듯이 죽음은 상징과 예술, 이야기를 통해서 더 잘 이해할 수 있다. 죽음과 죽어가는 과정은 인간의 상태에 관련된 성스러운 이야기다. 종교적인 공간처럼 인간이 스스로에 대해 배우고, 서로 뭉쳐서 공동체를 만들고, 의미를 생각하게 만든다.

하지만 죽음과 종교가 언제나 건전하지는 않다. 어린 시절에 나는 죽음과 관련된 의문을 좇는 과정에서 우리 가족의 종교인 개신교에서 방향성을 찾게 되었다. 개신교에서는 다음의 기도문을 외우곤 했다.

이제 나 누워 잠자기 전에
주님께 내 영혼을 지켜주시기를 기도하나니
내가 죽어서 깨어나지 않거든
부디 제 영혼을 거두어주소서.

다시 말해서 내가 오늘 잠을 자다가 죽더라도 지옥 불에서 타지 않도록 해달라는 뜻이다.

나는 어린 마음에 상상의 나래를 펼쳐 현실과 환상이 혼합된 상상의 세계를 생각해냈다. 내 마음속에서 만들어낸 상상의 세계는 너무나 생생했다. 인간에게 주어진 상상력이라는 재능은 최악의 환상이라고 할 수 있는 '지옥'에 집중될 때 무서울 정도로 끔찍해진다. 유명 문구점인 스테이플스(Staples)의 광고에 나왔던 '버튼만 누르면 문구를 가져다주는 이지 버튼(Easy Button)'처럼 '지옥'이라는 단어는 행동을 쉽게 통제하기 위한 '이지 버튼'이고, 종교계에서 자주 남용된다. 행동을 통제하기란 어렵지 않다. 시키는 대로 하지 않으면, 인디아나 존스 영화 〈레이더스(Raiders)〉에 출연하는 나치의 게

슈타포 요원인 아널드 언스트 토트(Arnold Ernst Toht)처럼 피부가 녹아 흘러내린다고 위협하면 된다. 하지만 종교 집단이 지옥을 들먹이며 신도를 통제하려 할 때, 대다수의 사람들이 친구와 가족이 지옥에 갈 것이라고 믿는지는 미지수다.

몇 년 전에 우리 아버지는 낡은 86년형 포드 F-150의 범퍼에 "목사님이 장례식에서 거짓말하지 않게 살자!"는 스티커를 붙이셨다. 이 스티커는 어느 정도 맞는 말이었다. 지금까지 나는 4,000건의 장례식을 치렀지만, 목사님이 고인을 나쁜 사람이라고 말한 적은 한번도 없었다. 대신 고인이 천국에 있다는 추도 연설은 수없이 들었다.

목사님은 관대하고, 친절하고, 애정 넘치는 삶을 살지 못한 사람들을 위해서 환상적인 설교를 만들어내곤 했다. 언젠가 신을 비롯해 이 세상 모든 사람을 증오했던 어느 고인에 대해서 이렇게 설교하는 것을 들은 적도 있다. "고인은 신을 좋아하지 않았습니다. 다만 밖을 좋아했어요. 밖을 사랑하는 사람은 신을 사랑한다고 할 수 있습니다. 신께서 바깥세상을 창조했으니까요. 이제 고인은 가장 넓은 바깥세상인 천국을 즐기고 있을 겁니다." 하지만 나는 아버지가 차 범퍼에 붙여놓았던 스티커에서처럼 목사님이 거짓말을 한다고 생각지는 않는다. 이들은 진심으로 고인이 신의 손길을 받기를 바란다.

신을 믿는 사람에게 지옥은 히틀러나 조프리 바라테온(Joffrey Baratheon: 유명 드라마인 〈왕좌의 게임〉에 출연한 악역 - 옮긴이) 같은 인간들이 가는 곳이고, 자신들은 절대 갈 일이 없다고 믿는다.

성직자와 마찬가지로 보통 사람도 친구, 가족, 연인이 화염의 불길에서 고통 받는 일은 없을 것이라고 믿는다. 지옥은 우리 같은 사람들이나 신이 바라는 모습의 사람들이 가는 곳이 아니다. 괴물을 위해 마련된 끔찍한 장소다. 우리가 아는 사람 그 누구라도 영원히 지옥에서 나오지 못한다고 생각하면 끔찍스러워 온몸의 털이 쭈뼛 선다. 너무나 두려운 나머지 지옥은 내가 전혀 모르는 타인이나, 우리가 공감할 수 없고 사랑할 수도 없는 누군가의 전유물이라고 믿어버린다.

우리가 사랑하는 사람을 지옥에 보낼 수 없는 것처럼, 자애로운 주님께서 수십억 명의 지인을 영원한 고통 속으로 몰아넣으리라고는 상상할 수 없다. 우리도 사랑하는 누군가가 지옥에 간다는 것을 받아들이기 힘든데, 사랑이 충만하신 주님 스스로 당신의 자녀인 우리를 지옥에 보내자니 얼마나 힘드실까?

하지만 죽음을 받아들이기 버거운 어린아이였던 나는 신에 대해서 잘 알지 못하는데다 왜곡된 시각을 가지고 있었다. 신께서 우리 대부분을 지옥으로 보낼 것이다. 그런데 그 중에 나는 분명히 포함될 것이라고 믿었다. 밤이면 밤마다 나는 침대에 누워서 주님께 뭐라 변명해야 토트와 같은 처지를 피할 수 있을지를 생각했다. 내가 어릴 때 상상했던 신은 잔혹하기 이를 데 없었다. 복수심에 불타 피도 눈물도 없고, 단 한번이라도 신의 뜻을 거스르면 영원한 불지옥을 선사하는 무서운 존재였다. 그러한 신이 나를 사랑할 이유나, 내 말에 귀 기울일 리 없었다. 그래서 지옥에 관한 나의 공포는 좀처럼 줄어들지 않았다.

나는 반항적인 아이가 아니었다. 하지만 내 마음속 양심이 내가 지옥에 떨어져 마땅하다고 알려주었다. 지옥에 갈 만큼 사악해서가 아니라, 죄 많은 인간이기 때문이었다. 아이들이 으레 그렇듯, 나 역시 사고뭉치에 호기심이 많았다. 초등학생 때는 야구 카드를 더 많이 따낼 생각으로 친구들을 속였고, 아버지 지갑에서 돈을 훔친 적도 한두 번 있었다. 언젠가는 피자 가게에 거짓말로 전화를 걸어서 학교에 있는 내 자리로 피자를 배달시킨 적도 있었다. 당시 이 기발한 장난 때문에 교장 선생님 명령으로 일주일 동안 화장실을 청소했다.

그러던 중 열 살이 되던 해에 용서받지 못할 죄를 저질렀다. 친구와 오래된 쓰레기장에서 낡고 먼지를 뒤집어쓴「플레이보이」 잡지 더미를 발견한 것이다. 우리 중에서 사춘기를 맞은 친구는 없었고, 새와 꿀벌이 어떻게 씨앗을 퍼뜨리는지에 대해서도 전혀 개념이 없었다. 하지만 헤프너(Hugh Hefner: 「플레이보이」 잡지사 창립자 - 옮긴이)로부터 확실한 해부학 수업을 받을 수 있었다. 「플레이보이」는 달콤한 신세계였다. 우리는 이 낡은 잡지가 우리들만의 작은 비밀이 되리라는 것을 단박에 알아챘다. 아이들에게 자의식을 심어준 계기가 된 것은 물론, 부모님 몰래 우리끼리 공유한 첫 번째 비밀이었다. 확실히 그때부터 우리는 전과 달라지고 지금까지 의존했던 어른들에게서 분리되어 은밀한 사생활을 갖게 되었다. 「플레이보이」 잡지로 인해 만들어진 비밀은 내 독립의 원천인 동시에 죄의식을 강화시켰다.

유치한 호기심은 곧 확신으로 바뀌었다. 나는 죄인이었고, 언제 죽든지 영원히 지옥에서 신음하게 될 운명이었다. 이 위협은 죽음에 대한 나의 생각을 바꾸어주었다. 죽음이 인생의 한 과정이 아니라, 날 지옥의 화염 속으로 곧장 떨어뜨리게 될 돌이킬 수 없는 사건이 되어버렸다. 청소년 시절에는 지옥행이 예약되어 있다는 생각에 죽음이 한층 더 두려워졌다. 이런 두려움은 중학교와 고등학교 시절, 나의 성격을 형성하는 데 큰 역할을 했다. 전보다 더 지옥, 죽음, 신이 만든

쇠로 된 감옥에 대한 두려움이 나의 생각과 기분을 옥죄다보니, 나는 전보다 더 내성적이 되었다. 등굣길과 하굣길에는 총 45분 동안 스쿨버스를 타야 했는데 거의 매번 혼자 앉았던 기억이 난다. 시험공부를 하거나 친구와 수다를 떠는 다른 아이들과 달리, 나는 버스 창문에 머리를 기댄 채 내 마음이 이 세상의 무게를 감당하면서 방황하도록 놔두었다.

열다섯 살이 되자 내성적이었던 성격이 명상하는 쪽으로 이어졌다. 나는 새벽 4시에 일어나 신학책과 영성서를 읽었다. 이런 습관 때문에 부모님은 나를 '수도사'로 부르기 시작했다. 나는 책의 내용을 마음속으로 삭이지 않았다. 이미 고인이 된 위인들을 생각하고, 이들이 남긴 훌륭한 책과 생각에 대해 고심하기 시작했다. 덕분에 내가 가지고 있던 공포는 조금씩 신념으로 바뀌어갔다. 더욱 성장하고 공부를 하면 할수록 신이 사랑 그 자체라는 생각에 끌리게 되었다. 신이 주는 사랑은 이론적인 사랑이 아니라 우리와 함께 고통받고, 함께 울고, 죽음의 의미를 알고 있는 것 같았다. 신께서 우리에게 주는 사랑은 고통스러운 사랑이었다. 주님께서 인간의 고통을 알고 있기 때문에 우리에게 베푸신다는 생각이 들었다. 월터스토프(Nicholas Wolterstorff: 미국의 기독교 철학자-옮긴이)는 "신의 눈물에는 역사적 의미가 담겨 있다"라고 했다. 나는 이 말 속에 고통스러운 주님의 사랑이, 주님 삶의 원동력이자 동기라는 뜻이 들어 있다고 생각했다. 하나님께서는 이 세상 때문에 너무 마음이 아프셨고 그래서 유일한 독생자를 주셨다. 너무 상심이 크셨던 것 같다.

고통스러운 신의 사랑을 생각하게 되면서 나는 그 왕국의 중심이 권력·심판·지옥을 통한 단죄가 아니라, 망가지고 약하고 죄 많은 인간들을 보호하고 지지하는 것이라고 생각하게 되었다. 신께서 만든 세상은 나 같은 인간을 위한 것이었다. 죽음을 두려워하고, 공포를 느끼고, 자신이 가진 단점을 부끄러워하는 인간을 위한 세상이었다. 이처럼 신과 그 가르침이 자애롭다고 생각을 고쳐먹으면서, 나는 치욕과 죄스러운 삶을 고민하지 않게 되었다. 이제는 밖을 바라보고, 삶을 이해하고, 삶에 영감을 주기 위해서 노력했다.

사람은 누구나 한번쯤 죽음과 마주한다. 자신의 끝을 보게 되고, 삶에서 더 중요한 의미를 가진 의구심에 직면하게 된다. 문제는 죽음과 죽어가는 과정, 운명 때문에 마음이 산산이 부서질지 여부가 아니다. 마음이 어떻게 산산이 부서지느냐가 중요하다. 그래서 결국 마음을 더 열게 될지, 아니면 그냥 마음을 갈가리 쪼개놓는 것으로 끝날지가 관건이다.

죽음과 죽어가는 과정은 길들일 수 있는 게 아니다. 인간은 의학을 발전시켜서 죽음을 이기려고 했었다. 하지만 의학적인 이해는 죽음에 대한 공포를 줄이고, 죽음을 지연시킬 뿐, 죽음과 죽어가는 과정은 여전히 잔인하다. 특히 혹독한 과정을 겪는 이들에게 죽음은 신체적인 기능에 관한 통제력을 잃어가면서, 마지막 순간을 준비하는 것이다. 이런 일이 벌어지면 남은 사람들의 인생은 완전히 달라진다. 시간은 유동적이 되고, 정신적인 기능보다 감정이 앞서고, 통제보다 사랑이 앞선다. 죽음과 죽어가는 과정은 성인이 어린 시절에 느꼈던 요구와 욕구, 의존성이 어떤 것이었는지 다시 한 번 깨닫게 되는 경험이다. 이런 경험은 사람들이 본연의 모습을 알게 만든다. 하지만 어떤 사람들은 너무 단호하고 강한 통제력을 가지고 있어서 죽음을 있는 그대로 받아들이지 못한다.

어려움에 직면했을 때 마음은 큰 상처를 입는다. 깨진 도자기나 유리잔처럼, 상처 입은 마음을 복구시키기는 어렵다. 한편 주먹을 쥐고 있다가 타인에게 무언가를 주고 다시 돌려받기 위해서 벌어진 손처럼, 혹은 압력에 적응하는 진흙처럼, 다시는 이전으로 돌아가지 못하는 마음도 있다. 죽음의 잔혹함은 질서가 잡혀 있고 단단했던 삶을 산산이 부숴버린다. 한편 삶의 파도와 함께 흘러가는 법을 배운 마음을 완전히 바꾸기도 한다.

고통과 아픔에 의해 만들어진 열린 마음은 전쟁을 치르는 모든 사람에게도 친절해진다. 열린 마음은 다른 사람의 고통을 받아들일 수 있는 여지를 갖게 된다. 고통을 통해서 좋아하지 않는 사람에 대한 사랑도 발견한다. 열린 마음은 이해를 구한다. 공격은 느리게 받아들이지만 용서는 빠르다. 열린 마음은 용서를 통해서 회복하고, 깨어진 마음을 한데 묶는다. 타인과 따돌림 받는 이들을 반기고 포용한다. 고통을 알고, 고통과 벌이는 싸움을 알기 때문이며 잔인함을 알기 때문이다. 열린 마음은 여러 가지로 아이의 마음과 같고, 신의 세계로 가는 일을 안내한다.

내 경우는 어린 나이과 죽음과 직면하고는, 그와 관련된 모든 것에 의문을 가지고 고민했었다. 당시는 내 인생에서 가장 어려우면서도 도움이 되었던 순간이다. 보통은 아이들을 어려움과 죽음의 간극으로부터 보호한다. 하지만 나의 경우에는 가장 적기에 세상을 보는 눈을 키운 것 같다. 물론 쉬운 일은 아니었다. 특히 지옥이 죽음에 관한 시각과 얽혀 있어서 더욱 그랬다. 하지만 나는 죽음 덕분에 세상을 바라보는 눈이 생겼다. 죽음과 죽어가는 과정을 생각하지 않았다면 무심코 지나치거나 무시하고, 두려워했을 것이다. 그러나 이 과정에서 놀랍게도 나는 공감·이타심·축복·이해와 같은, 인간으로서 갖추어야 할 기본적인 자질을 발견했다. 나중에 죽음과 관련된 장의사라는 직업을 갖게 되면서, 이런 자질들이 내게 반복적으로 영향을 미쳤다. 죽음은 사람을 한두 번 흔들어놓는 게 아니기 때문이다. 죽음은 한 번 스치고 지나가는 경험이 아니다. 인생 전체에 걸쳐 반복적으로 발생하는 것이다. 사람은 죽음을 경험할 때마다 마음을 열고, 공감·이타심·축복·이해가 마음을 새롭게 만들어주는 것을 경험하게 된다.

4
죽음의 안식일

사랑하는 사람을 떠나보내고
애도하는 안식의 시간은
나 자신을 발견하는 방법이기도 하다.

열두 살 때, 할머니가 돌아가셨다. 너무 갑작스러운 죽음이었다. 할머니의 나이는 겨우 쉰아홉이었다. 일 때문이 아니라, 처음으로 내가 개인적인 죽음을 경험한 일이었다. 와일드 할머니가 돌아가신 후, 우리는 할머니와 할아버지가 쓰시던 2층 거실에 모여서 장례식을 치러주실 목사님과 만났다. 우리는 목사님께 우리가 알고 있는 할머니에 관해 설명했다. 목사님이 우리를 위해 기도를 해주시는데, 가장 어린 조카가 그만 방귀를 뀌고 말았다. 우리는 모두 웃었다. 방귀가 절실한 순간이었다.

지금은 돌아가신 짐 증조부와 그 아들 지미 삼촌이 할머니 시신의 염을 담당했다. 장의사 중에는 사랑하는 사람의 시신을 직접 염하려는 사람들도 많다. 하지만 우리 아버지와 할 아버지는 할 수 없었다. 모르는 사람들이 보기에, 사랑하는 누군가의 염을 직접 하는 행동은 막장 드라마 속 등장인물처 럼 이해하기 어렵다.

피부를 자르고 경동맥을 들어낸 후, 투관침으로 장기를 정 리하고, 한때 서로 포옹하고 키스를 했던 사람의 몸에서 체 액을 빼내야 한다. 이것은 마치 사랑하는 사람의 신체를 훼 손하는 것처럼 들린다. 염을 하는 장의사는 고인의 시신을 존중한다. 하지만 그 과정에서 독특한 형태를 남겨서 사람이 아닌 것처럼 보이게 만든다. 내 생각으로는 시신을 사람이 아닌 것처럼 보이게 만드는 것이 장의사가 해야 할 일이고, 그 정도에 따라 능력 있는 장의사라 평가해도 무방하다. 장 의사 중에는 이 작업을 상대방에게 베푸는 것이라고 생각하 는 사람도 있다. 또 그저 잘 마무리해야 하는 일이라고 생각 하는 사람도 있으며, 어떤 장의사들은 지켜야 할 약속이라고 생각한다.

우리 가족은 할머니가 돌아가신 날 이후 며칠을 안식일로 삼았다. 갑작스러운 할머니의 죽음으로부터의 휴식이었고, 서로에게 집중하기 위한 시간이었다.

할머니를 잃은 상실감

우리의 눈물

고통

우리에게 필요한 것

피로

침묵

웃음

사랑

　유대교에서 사랑하는 사람이 사망한 후에 자신을 건강하게 돌보려면 안식일이 필요하다고 생각하는 이유를 알 수 있었다. 안식일을 갖는 건 사치가 아니었다. 아니눗(Aninut)이라고 불리는 애도 기간은 영어로 '매장한다'는 뜻이었다. 애도하는 기간에 고인을 애도하는 사람들은 죽음을 피부로 느낀다. 마치 사랑하는 사람의 죽음 때문에 살아 있는 사람들의 삶에서 생명이 빨려나가는 것 같다. 이들의 삶은 구성원 하나하나가 서로 얽혀 짠 큰 천과 같아서, 그중 누군가를 잃으면 자신의 일부를 잃어버린 것처럼 느낀다. 위너(Lauren Winner: 작가이자 유대교 신학자-옮긴이)는 죽음을 애도하는 사람들은 십계명에서 면제된다면서, 이는 신의 법이 살아 있는 사람을 위한 것이기 때문이라고 설명했다.

유대교의 전통에서 아니옷 다음 단계는 시신을 매장하고 첫 번째 주인 시바(Shiva)이다. 시바 기간에는 성관계를 해서는 안 되고 음악을 들어서도 안 된다. 심지어 집을 떠나는 것이 안 되기 때문에 신발을 신는 것도 안 된다. 애도 기간에는 일을 하거나, 학교에 갈 수도 없다. 침묵 속에서 죽음을 슬퍼하며 눈물을 흘릴 뿐이다. 시바 주간이 지나가면, 실로심(Shloshim)이라는 사흘짜리 기간에 돌입한다. 일을 하고 음악을 듣고 성관계를 하는 일상으로 돌아가는 과정이다.

우리 가족은 유대인은 아니지만, 일상을 멈추고 죽음의 안식일을 지켰다. 나는 할머니를 그리워하고, 할머니가 돌아가셨지만, 살아 계셨을 때나 마찬가지라고 생각하고 싶었다. 그나마 안식일이라는 긍정적이고 건강한 과정이 있어서 다행이었다. 그렇지 않았다면 더욱 힘들었을 시간이 수월하게 지나갔다.

하지만 브라운 할아버지가 일흔여덟 살에 돌아가셨을 때 나는 전혀 다른 입장이었다. 나는 성인이었고, 허가를 받고 장의사로 일하고 있었다. 브라운 할아버지는 췌장암 진단을 받고 서서히 죽어가는 중이었다. 장의사로 일하며 죽음이 목전에 다가오는 순간을 익히 보아서인지, 그다지 놀랍지는 않았다. 죽음은 듣고 싶어하지 않는 친구에게 결말을 말하지 않는 사람과 같다. 모두가 '죽음'이란 이야기의 끝을 알고 있다. 나 자신의 죽음도 예외는 아니다. 하지만 끝을 안다고 해서, 이야기를 알고 있다거나 이야기의 마지막 장을 알고 있다는 뜻은 아니다. 그런데 영화와 달리 인생은 마지막 순간이 아니라 어떻게 자신이 살았느냐에 따라 정의할 수 있다.

브라운 할아버지의 죽음은 나쁘지 않았다. 와일드 할머니의 죽음은 너무 갑작스러웠지만, 브라운 할아버지는 딸들과 작별 인사를 하고 할머니를 부탁할 시간적 여유가 있었다. 4월 6일에 할아버지는 호스피스 병동의 서비스 덕분에 상대적으로 적은 고통 속에서 떠났다. 가족들은 동요하지 않았다. 그때 나는 와일드 할머니가 돌아가셨을 때와 달리 안식을 위한 시간을 가질 여유가 없었다. 처음부터 마지막까지 장의사 역할을 했기 때문에 할아버지의 손자 노릇을 할 시간이 거의 없었다.

전화로 브라운 할아버지의 부고 소식이 전해졌을 때, 나는 친할아버지인 와일드 할아버지와 함께 있었다. 와일드 할아버지는 레이지보이 안락의자에 앉아 계셨다. 무선 전화기는 할아버지의 허벅지와 안락의자 팔걸이 사이에 끼워져 있었다. 나는 할아버지 맞은편에 앉아서 던킨 도너츠 아이스커피를 마시고 있었고, 할아버지는 설탕이 잔뜩 묻은 도넛과 작은 사이즈의 뜨거운 커피 한 잔을 드시고 계셨다. 적어도 일주일에 한 번, 우리는 혀를 데일 정도로 뜨거운 커피를 함께 마시면서 과거와 현재에 관해 이야기를 나누었다. 연속되는 사람들의 죽음으로부터 휴식을 취하는 방법이었다. 할아버지는 나이 많은 보통 어른들과 달리 같은 이야기를 두 번 하는 일이 거의 없었다.

마침 그날 할아버지는 과거의 경쟁자이자 사돈집인 브라운 할아버지의 집에 처음 갔을 때를 이야기해주고 있었다. 집을 방문했을 때 브라운 할아버지는 모르핀에 취해서 말을 거의 할 수 없었다고 한다. 와일드 할아버지는 당시를 회상하면서 "우리가 서로 사업을 합치면, 이름은 '와일드 브라운 장의사'로 지어야 한다고 했더니, 네 외할아버지가 내 손을 엄청 꽉 쥐더구나"라고 말하면서 너털웃음을 웃었다.

그때 몇 분 동안 전화기가 울렸다. 할아버지는 전화를 받으려고 입 안에 설탕 묻은 도넛을 꾸역꾸역 넣어야 했다. 호스피스 병동에서 걸려온 전화였다. 브라운 할아버지가 돌아가셨고, 우리 할머니, 엄마, 이모들이 날 기다리고 있다고 했다. 나는 곧장 일 모드로 전환했다. 울지는 않았다. 슬퍼할 겨를이 없었다.

아버지와 함께 올 걸 그랬다는 아쉬움이 스쳤다. 떠나

기 전에 아버지에게 전화를 걸어 부고를 알렸다. 아버지는 300년이나 된 콜로니얼 홈스테드 접시를 복원하려고 그날 따라 일찍 퇴근하신 뒤였다. 접시를 복원하는 일은 끈기 있게 색칠하고, 또 색칠하고, 복원하고, 반복하는 작업이었다. 가족을 잃은 사람들을 위해 일하면서 느끼게 되는 심적 고충으로 휴식이 필요할 때나 일터에서 벗어나고 싶을 때, 그보다 훌륭한 변명거리는 없었다. 하지만 이번에는 가족을 잃은 사람들이 다름 아닌 아버지의 가족이었다. 아내와 장모님, 그 자매들이 바로 유가족이었다. 당연히 아버지에게 장의사보다 가족들의 마음을 위로하는 역할이 더 중요했다. 그래서 동요하지 않고 장례를 주관하는 일은 내가 맡아야 했다.

우리는 밴에 짐을 실은 다음 마음을 단단히 먹고 30분 거리에 있는 랭커스터로 향했다. 장례 요청을 받고 길을 떠날 때면 언제나 시험을 보러 가는 기분이 든다. 시험 준비도 단단히 해두었고 어떤 문제가 나올지도 알고 있다. 하지만 언제나 예상치 못했던 깜짝 놀랄 만한 것이 창문에서 고개를 빼꼼 내밀고 기다리고 있다. 그래서 불안한 긴장감 때문에 별것 아닌 수다나 대화마저도 어렵다. 우리는 목적지에 도착할 때까지 라디오를 켜고 침묵 속에 앉아 있다가 장례 준비를 시작하곤 했다. 일단 일을 마친 후에는, 시험을 치르고 나왔을 때와 비슷한 안도감에 가벼운 마음으로 잡담을 나누면서 집으로 돌아왔다. 하지만 할머니의 장례를 치르러 가는 길은 다른 때와는 완전히 달랐다. 우리를 기다리는 가족들이 누구인지 너무나 잘 알고 있었고, 이들은 우리가 무엇을 하려는지 익히 알고 있을 만큼 장례를 치러본 경험이 많은 나의 가족이었다.

이모는 내가 할아버지 댁에 도착하자 나를 한쪽으로 끌고 가서 물었다. "할 수 있을 것 같아?" 내가 몸무게가 많이 나가는 편이었던 할아버지를 들어 올릴 만큼 힘이 센지를 묻는 질문으로 이해했던 나는 "네, 걱정 마세요. 모실 수 있어요"라고 대답했다.

"아니, 할아버지 들 수 있는 건 알아. 그게 아니라, 감당할 수 있겠냐고."

이모는 장의사인 칼렙 와일드가 아니라 손자인 칼렙 와일드에게 묻고 있었다. 순간 곧바로 할아버지 손자로서 선뜻 답할 수가 없었다. 하지만 나는 마음을 다스리고 "네"라고 답했다. 하지만 이모를 안심시킨 것 같지는 않았다. 실은 나 자신도 안심할 수가 없었던 것 같다.

브라운 할머니와 할아버지는 누구나 꿈꾸는 금슬을 자랑하는 잉꼬부부였다. 할아버지는 쾌활하고 유머 감각이 넘치는 분이셨다. 그래서 매사에 활기가 넘쳤고 무거운 분위기도 가볍게 만들어주셨다. 한편 할머니는 시계처럼 정확해서 장의사로 일하며, 들쭉날쭉하기 쉬운 스케줄 속에서도 가족들을 훌륭하게 건사하셨다. 두 분의 삶은 마치 춤을 추는 것과 같았다. 각자 맡은 역할이 있었고, 절대 서로의 발을 밟거나 상대 파트너의 균형을 흐뜨리지 않았다. 할아버지는 할머니에게 사랑과 웃음, 물질을 주셨고, 할머니는 할아버지에게 사랑과 지원, 음식을 제공했다. 할머니는 요리를 하셨고, 할아버지는 할머니의 요리를 맛있게 드셨다. 할아버지의 몸무게는 약간의 비만과 건강이 조합된 멋진 결합이었다. 하지만 아버지와 함께 시신을 염하기 위해서 할아버지를 테이블 위에 올려놓을 때는 약간 힘이 들었다. 언제나 푸근했던 브라운 할아버지는 암 때문에 살이 좀 빠져 있었다. 살이 찌면 동맥과 혈관을 들어올리고 피를 빼내기 쉽지 않아, 염 작업이 어렵다. 하지만 아버지와 나는 크게 힘들이지 않고 할아버지의 염을 마쳤다.

할아버지의 장례식은 내가 이전에 치렀던 다른 장례식들과 마찬가지로 정확하게 기억나지 않는다. 그날은 장례식이 두 건이었다. 아버지와 와일드 할아버지, 나는 교회에서 열린 브라운 할아버지의 장례식장에 있었고 짐과 지미 삼촌은 집에서 또 다른 장례식을 도맡았다. 아버지는 어머니와 함께 있느라 제대로 일하지 못했고, 브라운 할아버지의 장례식이 별 탈 없이 진행되도록 하는 건 와일드 할아버지와 나의 몫이었다. 나는 차량을 줄 세우고, 방명록을 관리하고, 조문객들이 할아버지와의 추억을 기록장에 적도록 도왔다. 일을 하는 와중에 근육의 기억 같은 게 발동되기 시작했다. 나는 생각 없이 기계적으로 일을 하고 있었다. 하지만 그날이 근육의 기억으로 각인되지 않기를 바랐다. 할아버지의 장례식이 각인되는 게 싫었다. 지금도 내가 그날 장례를 치르면서 어떤 생각을 했는지 분명하게 기억하고 있다.

'장의사 노릇은 싫다. 가족과 함께 있고 싶다.'

시간의 아이디어를 설명하는 고대 그리스 단어 두 개가 있다. 하나는 크로노스(Chronos)다. 시계로 측정하는 선형적인 시계를 뜻한다. 또 다른 단어인 카이로스(Kairos)는 시간의 양보다는 시간의 질을 측정하는 것과 더 큰 관련이 있다. 요즘은 문화적으로 크로노스에 더 집중하는 경향이 있다. 하지만 어떤 문화에서는 여전히 카이로스의 가치를 중요하게 생각한다. 우리는 순간을 즐기지 못할 때가 많다. 다음 순간을 생각하고, 다음에 해야 할 일이 있기 때문이다. 내가 알고 있는 나는 언제나 바로 다음 단계를 생각하고, 큰 그림을 잊는다.

심호흡하는 법을 잊고, 생각을 잊으며, 친구의 웃음과 봄에 피어나는 라일락 향기를 잊는다. 할아버지의 장례식에서도 그 순간을 제대로 슬퍼하지 못했다. 내가 장례식을 담당한 장의사였기 때문이다. 잠깐 일을 멈추고 할아버지의 죽음을 애도하지 못해, 죽음이 주는 카이로스를 제대로 느끼지 못했던 것이다.

몇 주 후 나는 옥토라로 크리크(Octoraro Creek)의 구불구불한 곡선을 그대로 모방해서 만들어진 크리크 로드(Creek Road)를 운전하고 있는 나 자신을 발견했다. 내가 어렸을 때, 브라운 할아버지와 할머니가 날 재우려고 운전했던 그 도로였다. 할머니는 내가 잠이 들었다가도 집으로 돌아와 주차를 하면 벌떡 일어났다고 입버릇처럼 말씀하셨다. 캄캄한 밤이었다. 눈을 감고도 차를 어디에 세워야 할지 알 정도로 익숙한 길이었다. 할아버지를 생각하면서 운전을 하는데 갑자기 눈물이 흐르기 시작했다. 나는 길가에 차를 세우고 펑펑 울기 시작했다. 할아버지를 잃었고, 내 속에 있던 인간적인 면의 일부도 사라진 것 같은 기분이었다.

사람마다 슬퍼하는 방법은 다르다. 장의사도 예외는 아니어서 저마다 다른 방식으로 대응한다. 어떤 장의사는 사랑하는 사람들의 장례식을 직접 치르면서 어려움을 이겨낸다. 나를 포함해서 또 다른 부류들은 남은 가족들을 위해 강한 역할을 맡으려고 노력하며 슬픔을 이긴다. 저마다 고인과의 관계가 다르듯이 각자의 슬픔은 특별하다. 모두의 슬픔이 똑같지가 않아서, 누군가의 슬픔은 다른 사람보다 더 건강하고, 누군가의 것은 그렇지가 않다. 하지만 그 누구의 슬픔도 잘못된 것이 아니다.

죽음은 우리의 생활을 잠깐 멈추게 만든다. 그렇다고 무엇을 하라고 요구하지는 않는다(아무것도 하지 못할 수도 있다). 다만 우리에게 순간을 받아들이라고 요구한다. 사랑하는 사람들의 죽음을 진심으로 느끼고, 여기에 귀를 기울이라고 한다. 크로노스를 잊고 카이로스를 받아들이라고 요구한다. 나는 홀로 차에 앉아 눈물을 흘리면서 드디어 할아버지가 돌아가셨다는 것을 실감하며 그 순간을 맞았다. 할아버지를 기억하면서, 앞으로 얼마나 보고 그리울지를 생각했다. 하지만 마음이 약해지는 건 아니었다. 오히려 더 강해졌다.

가끔은 삶을 잠깐 멈춰야 할 필요가 있다. 그러면 마음으로 죽음이 인간에게 어떤 의미인지를 충분히 받아들이게 된다. 사랑하는 사람을 떠나보내고 애도하는 안식의 시간은 나 자신을 발견하는 방법이기도 하다.

5

나는 장의사가
되기로 했다

끔찍하고 비통한 죽음이 머릿속에서
계속 비명을 지르고 있는데
죽음과 나 자신, 세상, 신에 대한 시각을
바꾸기는 쉽지 않다.

내가 죽음을 부정적으로 인식하게 된 건 두 가지 경험 때문이었다. 지금 여기에서 첫 번째 경험에 대해 적으려고 한다. 두 번째 경험은 이 장의 마지막 부분에 소개하겠다. 이 사건들은 나의 10대와 고등학생 시절에 도미노 효과를 가져왔다. 첫 번째 경험은 고등학교 여름 방학 때 장의사 사무실에서 아르바이트로 일을 시작했을 때 일어났다. 책을 좋아했던 나는 약간의 용돈을 벌어 책을 살 요량이었다.

어느 날 병원으로 오라는 연락을 받았다. 영구차가 필요 없을 때, 나는 1986년 형 폰티악 6000 스테이션 왜건을 이용했다. 그날 나는 처음으로 장의사들이 '브라운박스'라고 부르는 물건을 사용했다. 원래 브라운박스는 50년 전에 약 두 세대 걸쳐서 사용했던, 갈색의 상자같이 생긴 비디오 게임기였다. 이 브라운박스를 닮은 장의사의 '브라운박스'는 가로는 45센티미터, 세로는 75센티미터 정도였고, 나무로 만들어졌으며 벨벳이 둘러져 있었다. 병원에 상자를 들고 들어가는 내 모습을 본 사람들은 그게 뭔지 전혀 몰랐다. 알 턱이 없었다. 아니, 알고 싶지도 않을 것이다. 브라운박스는 사망한 아기의 시신을 옮기는 도구였다. 병원에서 돌아오는 길에 나는 작은 브라운박스에 대해 생각했다. 상자 안에는 작은 아기가 가졌던 모든 희망과 공포가 담겨 있었다. 사람이 느낄 수 있는 최고의 열정과 기쁨, 미래에 대한 희망, 신께서 주시는 기적이 브라운박스에 담겨 있다는 생각이 들었다. 하지만 거기에는 인간으로서 물어볼 수 있는 가장 심오한 질문을 던지고 싶은 충동, 가장 가슴 아픈 눈물, 너무나 큰 아픔도 들어 있었다. 이 모든 것이 그 작은 상자 안에 담겨 있다는 생각이 들었다.

나는 아이를 작은 캐리어에 담아서 영안소의 테이블에 올려놓았다. 내가 병원에서 처음 데려온 아기의 시신이었다. 아기는 차가운 도자기 같은 피부를 가진 중국 인형처럼 보였다. 그 아기가 염을 위해서 용액과 락스로 깨끗하게 청소된 바닥이 내뿜는 소독약 냄새 속, 도자기로 겉을 입힌 영안실 테이블에 누워 있던 모습은 아직도 내 기억 속에 각인되어 있다. 그런 광경을 볼 줄은 꿈에도 몰랐다. 아마 대부분의 사람들이 평생토록 죽은 아기의 시신을 본다는 건 상상도 못 할 것이다. 그래서 그 모습은 내 평생에 잊을 수 없는 기억으로 남아 있다.

아기들의 사망 원인은 대부분 태어나면서부터 가진 결함 때문이다. 그런데 이 아기는 민트 사탕 껍질이 목에 걸려 질식사했다. 하루 전날, 아이의 부모는 집에서 크리스마스 파티를 열었다. 누군가 입에서 나는 새우나 계란 샐러드 냄새를 없애려고 민트 사탕을 먹었고, 사탕 껍질을 바닥에 떨어뜨렸던 것이다. 다음 날 부모가 집을 치우느라 정신이 없는 동안 아기가 사탕 껍질을 발견했고, 그것으로 끝이었다. 가족들은 최악의 크리스마스를 맞았다.

장의사들은 이런 사연을 들을 때마다 아이들에게 잔소리를 늘어놓게 된다. 내가 어렸을 때 브라운 할아버지는 짬이 날 때마다 끔찍한 사고에 관한 이야기를 들려주면서 주의를 주곤 했다.

"칼렙, 의자 뒤로 몸을 기대면 안 돼. 네 나이 또래 애가 그러다가 뒤로 넘어져서 목이 부러졌단다. 내가 그 아이를 묻었어."

"알았어요, 할아버지." 나는 얌전하게 대답하고 부엌에 있는 작은 TV 앞에 의자를 가지런히 정렬해서 의자 다리 네 개가 모두 똑바로 서 있게 만들었다.

또 언젠가는 할아버지의 거대한 은색 링컨 컨티넨털을 타고 가는데, "머리 받침이 머리 높이랑 같도록 잘 맞추렴. 자동차 사고가 나면 목이 다치지 않게 보호해줄 거야. 불쌍한 제럴드 아저씨가 그래서 돌아가신 거야"라고 하셨다.

"부검을 하면 흡연자는 단박에 알 수 있어. 폐가 검게 변하거든. 절대 담배를 피우면 안 돼. 폐가 검게 된단다"라고 말씀하신 적은 셀 수 없을 만큼 많다. 브라운 할아버지나 와일드 할아버지 모두 원래는 시가를 피우셨다가 끊었던 경력이 있었다. 그러니 당연히 발암덩어리인 담배에 대한 공포에 대해 손자에게 설교를 늘어놓으실 자격이 있었다. 이제는 나역시 흡연자를 포함해 수많은 시신을 염한 경험이 있는 장의사가 되었다. 그런데 지금까지 단 한 번도 폐가 검게 변한 사람을 본 적이 없다. 지금 생각해보면 두 할아버지가 모두 나를 겁주려고 했던 말인 것 같다.

어쨌거나 장의사의 아이들은 꼬맹이 시절부터 자라는 내내 비극적인 사고에 관한 이야기를 들을 가능성이 높다. 그래서 대다수가 위험을 피하려고 노력하고 걱정이 많은 편이다. 다른 가업과 달리 장의사가 대를 거듭해서 이어지는 경우가 많은 것도 어쩌면, 자신의 아이들이 가혹한 세상으로 나갔다가는 언제 끔찍하고 비극적인 최후를 맞을지 모른다는 공포 때문인지도 모른다. 세상에 나갔다가 갑작스러운 죽음에 놀라는 것보다는, 언제나 죽음 가까이 있는 게 최선이라고 판단하는지도 모르겠다.

장의사들이 죽음을 부정적으로 인식하는 것도 같은 이유 때문일 것이다. 호상도 많이 보지만 트라우마를 남기는 슬픈 죽음에 대해 늘 듣기 때문이다. 끔찍하고 비통한 죽음이 머릿속에서 계속 비명을 지르고 있는데 일반적인 경우로 위안을 삼으면서 죽음과 나 자신, 세상, 신에 대한 시각을 바꾸기는 쉽지 않다.

다시 테이블 위에 올려진 아기의 시신 이야기로 돌아가보겠다. 주님께서는 우리 삶에서 큰 역할을 담당하신다. 하지만 나는 그 놀랍고 사랑이 넘치는 주님이 이런 일이 일어나도록 놔두는 것을 전혀 이해할 수 없었다. 주님의 사랑이 부족해서 아기의 생명을 구하지 않은 것만 같았다. 내가 사고 당시 근처에 있었다면 두말할 것도 없이 아기 입에서 비닐을 빼주었을 것이다. 하지만 신께서는 아무것도 하지 않으셨다. 전지전능하고 어디에나 계신 신께서 아무런 노력도 하지 않으셨다. 이 세상에 신은 존재하지 않는다는 생각이 들었다. 몇 번이나 이런 불편한 생각이 머리에서 떠나질 않았다. 하지만 신이 존재하는 데 사람들을 방치한다거나, 신께서 사악한 존재라고 믿는 것보다는 마음이 덜 불편했다.

사람은 시간이 지날수록 더 성장하고 성숙해진다. 복잡하고 어려운 세상을 살아가면서, 동시에 신앙을 유지하기 위해 사악한 문제들과 타협하고, 이 모두를 가장 합리적으로 풀어내는 방법을 찾게 된다. 내 마음 속에 신의 자리를 계속 유지하려면, 전에 알고 있던 비극을 막을 수 있고 비극이 생기지 않도록 결정할 수도 있는 신과는 다른 신을 상상해야 했다.

새로운 신을 상상하기 위해서 흔히 사용되는 방법은 신이 가진 힘을 다르게 생각하는 것이다. 내게는 이 방식이 가장 매력적이었다. 신의 힘을 다르게 정의하려면 다음과 같이 생각하면 된다.

여전히 신이 우리를 사랑한다면 신께서 인간을 만드느라 다른 부분에서는 한계가 생긴 것이리라. 주님이 죽음의 원인이 아니며 강제로 죽음을 막을 수도 없다고 생각해야만, 모든 사악한 문제들을 좌시하는 신을 이해할 수 있다. 주님께서는 당신과 나와 같은 사람을 만드느라 다른 힘을 제한하는 쪽을 선택하신 것 같다. 덕분에 주님의 뜻에 반대하고, 사랑을 실천하려는 주님의 목적이 달성되지 않는 세계를 만들어 버리는 피조물인 인간이 만들어진 것이다. 악과 비참함은 원래의 의도가 아니었으리라. 지금 이 세상은 주님께서 의도한 게 아니었으리라.

심지어 가장 흔히 사용되는 기도에서는 주님의 나라가 천국뿐 아니라 이곳 지상에 펼쳐지게 해달라고 기원한다. 그러니까, 지금 이 세상은 주님의 뜻이 아니라는 것이다. 사고가 언제 일어날지는 아무도 모른다. 가끔 사고는 끔찍한 결과로 이어지기도 한다. 테이블 위에 누워 있던 아기는 우연한 사고로 그 자리에 있게 되었을 뿐이다. 무슨 성스러운 계획이 있었다거나, 흔히 말하듯이 '주님께서 아기 천사가 필요하셨기 때문'이 아니다.

6
성스러운 세상

가끔 이 세상에 집중하다보면,
여기에서 일어나고 있는
아름답고 소소한 것들을 발견하게 된다.

내가 타인을 천국에 들어가도록 도와야 한다는 알량한 목적의식으로 살아가던 어느 날, 이 세상이 얼마나 성스러운지 깨닫게 되었다. 장의사로 일하면서 어린아이들의 이유 없는 죽음처럼 마음이 쪼그라들 만큼 아픈 경험을 하게 되면, 죽음에 대한 부정적인 생각이 더욱 강해지는 것으로 끝나는 게 아니라 천국에 집착하게 된다. 세상이 이처럼 슬프고, 변덕스럽고, 마음 아픈 것이라면 이 부패한 세상에서 사람들을 구해서 천국에 들어가도록 돕는 것이 최선이라는 생각이 들기 때문이다. 천국만 생각하게 되면, 죽은 망자를 돌보는 일은 상대적으로 시들하고 중요치 않게 느껴진다. 지금의 삶은 나중에 천국에서 누릴 삶에 비하면 너무나 변변치 못하기 때문이다.

고등학교에서 여름 방학의 남은 기간은 늦은 밤에 걸려오는 부고 전화 받기, 잔디 깎기, 영구차 세차, 장례를 치르는 일, 영안실을 청소하는 일로 채워졌다. 시체가 있던 곳을 청소하는 작업은 아마도 공중화장실을 청소하는 것과 비슷할 것이다. 대체 어느 부분인지 모를 신체 부분과 선혈을 깔끔하게 치우는 데에는 오랜 시간이 걸린다. 만약 이들 중 어떤 것이라도 혀로 핥는다면 아주 느리고 고통스러운 죽음을 맞을 게 분명했다. 어느 모로 보아도 주님의 사랑을 전파하고, 사람들이 천국에 들어가도록 도우려는 어린아이가 일하기에 신나는 곳은 아니었다.

장례 일을 돕기 시작했을 때, 마음씨 좋고 자그마한 할머니들은 내게 "네가 이 일을 시작해서 너무 좋구나. 이제는 네가 잘해줄 거라고 믿고 마음 편하게 죽을 수 있을 것 같아"라고 말씀하시곤 했다. 어떤 할머니들은 날 가까이 끌어당겨서 "내 얼굴에 수염은 꼭 밀어줘야 한다"라고 속삭이기도 했다. 나는 미소를 지으면서 할머니들이 내 통통한 볼을 꼬집는 동안 가만히 있었지만 마음속으로는 '파크스버그에서 알고 지낸 마음씨 좋고 자그마한 할머니의 얼굴에 난 수염을 밀면서 살기는 싫은데'라고 생각했다. 나는 더 대단하고, 뭔가 약간은 위험한 일을 하고 싶었다. 사람들이 원치 않는 털을 미는 것보다, 사람들이 천국에 들어갈 수 있도록 도우면서 세상을 바꾸는 사람이 되고 싶었다. 이런 생각이 나를 또 다른 중요한 경험으로 이끌었고, 내 인생을 형성하는 데 도움을 주었다. 나는 외딴 곳에서 선교자로 살고 싶었다. 그곳에서 사람들과 주님의 사랑을 공유하고, 이들이 죽은 다음에는 천국에 갈 수 있도록 돕고 싶었다.

검소하고 남에게 관대하셨던 와일드 할아버지는 내가 선교사가 되겠다는 꿈을 버리고 가업을 잇도록 설득하기 위해 차를 사주시면서, 장의 학교까지 운전을 해주셨다. "여기에서도 충분히 네가 원하는 일을 할 수 있단다." 할아버지가 그렇게 말씀하셨지만, 내 귀에는 들리지 않았다. "네가 얼마나 차를 좋아하는지도 알아." 할아버지가 덧붙이셨다. 사실이었다. 내가 성직자의 길로 들어서지 못하도록 막을 만한 유일한 물건이 있다면 깔끔하고 스포티한 자동차뿐이었다. 할아버지가 나를 중고차 가게로 데리고 가서 보여준 은색의 혼다 프렐류드가 아직도 눈앞에 선하다. 차 유리판에 붙어 있는 가격표에는 할아버지가 내게 주겠다고 약속하신 돈과 똑같은 금액이 형광 노란색으로 적혀 있었다. 나는 폰티악 6000보다 더 좋은 차를 보고 혹했지만, 의지를 굽히지는 않왔다. 할아버지는 내가 고등학교를 졸업하고 선교사가 되겠다고 완전히 결정을 내렸을 때에도 흔쾌히 경제적인 지원을 해주셨다. 아무리 생각해도 내게는 사람들이 천국에 가고 지옥 불을 벗어나도록 돕는 것보다 선을 행하는 더 나은 방법이 없어서 내린 결정이었다.

선교사 훈련을 받으면서 몇 개월이 바람처럼 지나가고, 2001년 초에 나는 열두 명으로 구성된 인도주의 단체에 합류해 마다가스카르 해안의 정글에 있는 오지로, 엔진이 하나밖에 없는 임시 비행기를 타고 날아갔다. 내가 속한 단체는 '영혼을 구하겠다'는 희망을 가진 기독교 선교 모임이었지만, 우리 팀은 인도주의 단체에 더 가까웠다. 그곳에는 두 명의 의사와 비슷한 숫자의 간호사가 있었고, 해안에 거주하는 원주민들을 위해서 기꺼이 임시 의료 시설에서 봉사하겠다고 나선 나와 같은 단순 일꾼들이 있었다.

그곳은 모기가 우기가 끝날 때 즈음의 질척한 공기만큼이나 성가신 곳이었다. 나는 당시 열아홉 살이었고 열의와 확신에 차 있었으며, 각종 백신 주사를 맞은 상태였다. 선교 활동이 아니라는 사실에 약간 실망했지만, 적어도 주님의 사랑을 전파하고 있다는 확신이 있었다. 비행기에서 내린 우리는 곧바로 군인들이 타는 것 같은 새까만 사륜구동 트럭을 타고 해안을 따라 더 깊은 정글로 들어갔다. 우리가 도착한 곳은 진흙과 물 때문에 트럭이 더 이상 갈 수 없는 곳이었다. 우리는 트럭에서 내려 각종 구호물품이 가득 들어 있는 가방을 매고 두어 시간 더 걸어서야 최종 목적지에 도착했다. 신고 있던 부츠는 질척한 진흙에 빠져 걸을 때마다 발에서 거치적거렸다. 아예 부츠를 벗어버렸더니 신발을 보금자리로 삼아버린 벌레 몇 마리가 들어 있었다. 목적지에 도착했을 때는 이미 해가 진 후였다. 아프리카의 밤은 늘 전등이 켜져 있던 고향에선 본 적이 없는 무수히 많은 별로 덮여 있었다. 그곳에는 전기가 없었고, 가로등도 없었다. 근처에 도시가 전혀 없어서 밤의 아름다움이 전혀 누그러지지 않았다.

그곳에서 2주간을 머물면서 우리는 보잘것없는 의료품으로 1,000명이 넘는 사람들을 치료했다. 그때 어떤 한 사람이 내 가치관을 완전히 바꾸어버렸다. 쉰 살 정도 된 그 사람은 위가 부풀어 올랐고, 얼굴에는 끔찍한 고통이 그대로 드러났다. 아직은 힘겹게 숨을 쉬고 있었지만 현대적인 치료를 받지 않으면 곧 사망할 수밖에 없었다. 그러나 그에게는 그럴 만한 돈이 없었다. 우리의 의료품이 그가 받을 수 있는 치료의 전부였다. 제대로 된 식수가 없는 그곳에서 남자는 심장 간경화증에 걸렸고, 배에 복수가 차기 시작했다. 배 주변에 고통스러운 물의 압력이 점차 가중되었다. 의사들은 어떻게든 하려고 했다. 복수를 빼내면 고통이 줄어들 것이라고 생각했다. 나는 의사들이 거대한 주사기를 남자의 배에 집어넣을 때 환자가 움직이지 못하도록 잡고 있겠다고 자원했다. 주사기로 복수가 들어차는 것을 막고, 고통도 줄일 계획이었다. 주삿바늘이 배 속으로 들어가자 환자는 발버둥치기 시작했다. 나는 환자의 다리에 내 몸무게를 전부 실어서 의사들이 일에 집중하도록 도왔다. 내 행동이 어떤 문제도 해결하지 못한다는 것을 알고 있었다. 영혼을 구하는 일도 아니었다. 환자의 고통을 해결하는 게 아니라, 그저 고통을 함께 나눌 뿐이었다. 그곳에 내가 있었다. 그게 내가 그를 위해서 할 수 있는 전부였다. 우리가 할 수 있는 일은 그것뿐이었다.

의사들이 복수를 빼기 시작하고 몇 분이 흘렀다. 그의 얼굴에서 고통의 빛이 가시기 시작했다. 환자는 내 눈을 똑바로 쳐다보면서 마다가스카르 토착어로 말했다. '미사오트라(Misaotra).' 고맙다는 뜻이었다. 환자를 둘러싸고 있던 가족들은 그의 얼굴을 만지면서 환자가 어느 정도 정신을 차렸다는 사실에 눈물을 흘렸다.

그때의 나는 죽음을 부정적으로 보고 천국에 집착했다. 그래서 이 세상의 가장 좋은 것마저도 그 가치를 제대로 느끼지 못하고 있었다. 누구나 빠지기 쉬운 착각이었다. 우리는 매일 무거운 비극을 보면서 살아간다. 세상은 폭력, 집을 떠난 피난민, 노숙자, 빈곤, 전쟁의 피해자들로 얼룩져 있다. 여기에 깨어진 가정, 질병, 생계의 어려움 등 개인적인 비극이 추가된다.

우리는 이런 비극에 얽매여서 살아간다. 공포가 마음을 가리고, 나와 같은 많은 사람들이 "세상은 살 만한 곳이 못 돼"라고 말하게 만든다. 여기에는 두 가지 의미가 있다. 첫 번째는 우리가 사악함과 증오, 편견 없이 살 수 있는 세상을 바란다는 것이다. 두 번째로 천국은 우리가 살아갈 세상이다. 한편 이 세상은 영원의 집으로 건너가기 전에 잠깐 머무르는 일시적인 장소다. 그래서 지금 이 세상을 천국으로 가는 징검다리로 생각하기 쉽다. 우리는 이 세상 너머 저 높은 곳에 닿기를 바란다. 천국을 바라기 때문에 정원을 가꾸고 보살피기가 쉽지 않다. 천국을 바라고 천국은 최고의 세상을 약속하지만, 지금 살고 있는 세상은 이미 엉망이기 때문이다.

하지만 가끔 이 세상에 집중하다보면, 여기에서 일어나고 있는 아름답고 소소한 것들을 발견하게 된다. 이 세상은 잠깐이지만 가족을 하나로 모으고, 잠깐이지만 고통을 사라지게 해준다. 그리고 아주 잠깐이지만 우리는 이 세상의 성스러움을 맛보기도 한다. 천국은 영광된 곳이다. 하지만 이 세상도 그렇다. 만약 두 세상 중 하나만을 보고 나머지 하나는 배척한다면 너무나 많은 것을 놓치게 될 것이다.

나는 아프리카 오지에서 이 사실을 깨달았다. 어쩌면 내가 주님의 사랑을 퍼뜨릴 수 있는 방법이 천국을 준비하고 기다리는 게 아닐 수도 있다는 생각이 들었다. 지금 내가 사는 세상에서 선을 행할 수 있는 놀라운 기회를 미국에 있는 나의 장의사 집에서 찾을 수 있다고 생각하기 시작했다.

여전히 무섭고 불확실했다. 하지만 또 다른 목소리가 들리기 시작했다. 나에게 이곳과 현재에, 이 순간에, 이 장소에, 내가 살고 있는 이 세상에 존재하기를 바라는지 묻는 조용한 목소리였다. 어쩌면 천국은 여기일지도 모르기 때문이었다. 다만 우리의 눈을 가리는 무시무시한 비극 뒤에 숨어 있는지도 모른다.

시간이 흐르면서 나는 유대교의 개념인 티쿤 올람(Tikkun Olam)의 개념에 대해 배웠다. '세상을 치유한다'는 뜻으로, 고통 속에 존재하는 것이 세상을 치유한다는 뜻이다. 한마디로 말하면 "나는 여기에 있고, 널 사랑한다"는 것이다. 그저 함께 있는 것만으로 충분하다는 의미다. 장의사로서의 소명이 계속 나를 부르는 것만 같았다. 유명 작가인 레멘(Rachel Naomi Remen)은 티펫(Krista Tippett)과의 인터뷰에서 이를 두고 "사람들의 일이 하나로 모여서 치유의 힘을 갖습니다. 지금까지 태어난 모든 사람들, 현재 살아 있는 모든 사람들, 앞으로 태어날 사람들 모두요. 이 모두가 세상을 치유하고 있습니다. 지금까지와 다른 변화를 통해서 세상을 치유한다는 뜻이 아니에요. 감동을 주는 것만으로 충분합니다"라고 설명했었다. 늘 가까이에 있는 건 어떤 성과를 내는 것보다 중요하다. 나는 이 말을 가슴에 새기고, 작은 일상의 모든 부분에서 티쿤 올람의 예를 찾기 시작했다.

아이를 대하는 엄마들은 세상을 치유한다.

누군가 타인의 이야기를 진심으로 들어주는 것도 세상을 치유하는 것이다.

연로한 환자들의 몸을 목욕시켜주는 간호사도 세상을 치유한다.

아이들을 위해서 자신에게 투자하는 선생님도 세상을 치유한다.

배관공이 누군가의 집에서 제대로 물이 순환되도록 만들 때도 세상은 치유된다.

어떤 장의사는 가업을 이어가면서 세상을 치유할 수 있다는 사실을 깨달았다.

늘 가까이에 있어주는 것만으로는 누군가를 바꾸지 못할지도 모른다. 문화를 변화시키거나 산을 이동시키지도 못한다. 하지만 다른 사람이 아니더라도 나를 위해 세상을 치유할 수 있다. 그 일이 어떤 것이건 각자 진심으로 자신의 일을 할 때, 충실하게 자신의 자리를 지킨다면 티쿤 올람을 행할 수 있다. 그것이 내가 장의사로서 할 수 있는 역할이라는 사실을 깨닫는 데 꽤 시간이 걸렸다. 하지만 일단 깨닫고 나니 그 일이 훨씬 더 중요하게 여겨졌고, 내가 해야 할 일이 되었다.

누구에게나 현재에 충실하기 위한 일이 있다. 현재의 삶을 위한 선교사가 필요한 셈이다. 현재와 세상, 이 지구를 끌어안는 역할을 해줄 사람이다. 어떤 면에서 보면 '탄생을 위한 조언자'라고 할 수 있다. 기다리고, 들어야 한다. 이곳에서의 삶을 위해서 늘 한결같은 소소한 조언을 해주는 사람이다. 꼭 대단한 프로젝트를 구성하거나 계획을 짜거나 위대한 일을 해야 하는 것은 아니다. 가끔은 세상을 바꾸기 위해서 거대한 일이 동반되기도 하지만 대부분의 경우에는 옆에서 이야기를 들어주고, 진심을 다하는 작은 행동만으로도 세상은 달라진다. 어느 순간에 나는 이 세상에서 마음과 정신을 유지하면서 이곳을 수용하는 것에서부터 시작할 수 있다고 생각하기 시작했다. 꼭 천국에서만 가능한 게 아닌 것 같았다.

약간은 머뭇거려졌다. 하지만 돈마저 바닥이 나고 있어서 결국 샤이어(Shire)로 돌아가 장의사 일을 하기로 결정했다. 현실로 돌아와 파크스버그에서 현재를 위한 단출한 일을 하게 되었다. 마치 나의 DNA와 내 존재가 파크스버그의 땅에 연결되어 있는 것 같았다. 저 너머의 세상이 날 바깥세상으로 불러냈을 때처럼, 파크스버그가 날 집으로 부르고 있었다.

하지만 그 이후의 일은 생각처럼 단출하지는 않았다.

7

죽음에
아마추어는 없다

죽음 속에서 삶을 찾을 수 있다.

내가 본격적으로 장의사로 일하기 시작하고 얼마 되지 않았을 때 전화를 한 통 받았다. "와일드 장의사의 칼렙입니다" 내가 대답했다.

"누구라고요?" 수화기 너머의 누군가가 물었다. 내가 전화를 받을 것이라고는 생각하지 않은 듯했다. 내가 장의사로 일하기 시작하고도 몇 년이 지나도록 전화를 건 사람이 비슷한 반응을 보이는 경우가 꽤 있었다. 그래서 나는 상황을 설명해야 했다.

"칼렙 와일드예요." 일단 나는 성까지 말해서 제대로 전화를 건 게 맞는다고 안심시켰다. "이 집 손자입니다. 빌의 아들이요."

"그렇군요." 40대 정도인 듯한 약간 젊은 목소리가 대답했다.

"저는 버드 아저씨를 찾습니다."

"바꿔드릴게요. 누구라고 전해드릴까요?"

"토미 리치입니다. 의사가 나보고 이틀 내에 죽을 거라더군요. 지금은 집에 있는데 거동하지 못해요. 할아버님께서 제가 죽기 전에 와주실 수 있는지 물어보려고 걸었습니다."

나는 약간 충격을 받았다. '죽을 날이 이틀밖에 남지 않은 사람치고는 너무 침착하잖아?' 그게 가장 먼저 든 생각이었다. 나는 마음을 가라앉히고 겨우 말했다. "잠깐만요. 할아버지께 말씀드릴게요."

방에 들어가니 할아버지는 안락의자에 앉아 잠이 들어 계셨다. 할아버지는 잠이 들면 마치 죽은 사람 같았다. 얼굴에는 완전히 긴장이 풀려 있었고, 입은 크게 벌리고 주무셨다. 샛눈을 뜨고 주무셔서 흰자가 보였다. 그래서 늘 할아버지를 깨웠는데 반응이 없지는 않을까 두려워했다. 그 날은 아니었다. 할아버지는 잠에서 깨어나셨고, 나는 할아버지가 정신이 들도록 잠깐 기다렸다가 누가 전화를 걸었고, 왜 전화를 걸었는지 설명한 뒤 무선 전화기를 건네 드렸다.

토미는 할아버지와 어쩌다 알게 된 지인이었지만 마법처

럼 친구가 되었다. '마법처럼'이라고 말하는 이유는 '버드 아저씨' 그러니까 우리 할아버지가 가진 놀라운 능력이었기 때문이다. 누구와도 금세 친구가 되는 할아버지 특유의 친화력이 내성적인 나는 늘 두려웠다. 절대로 할아버지처럼은 될 수 없을 것 같았다. 나는 30분을 쓰기 위해서 다섯 시간을 충전해야 하는 낡은 휴대전화 배터리 같았고, 할아버지는 타이맥스 시계 같았다. 할아버지의 미소는 수천 가지 질문을 잠재우는 능력이 있었지만, 내 미소는 오만가지 궁금증을 유발시켰다. 사교성을 배워서 익히기는 했지만 진이 빠졌다. 사교적인 장의사들이 능한 일에 나는 겨우 고개만 들이밀고 있는 꼴이었다.

할아버지는 어디에서나 친구를 만들었다. 토미도 예외는 아니었다. 와일드 할아버지는 파크스버그 소방대의 전 대장이었고, 토미는 이웃 소방대원이었다. 두 사람은 행사에서 만나 고약한 농담을 주고받으면서 친해졌고, 더 고약한 술을 마시고 더욱 돈독해졌다.

다음 날 와일드 할아버지는 죽음을 앞두고 만나고 싶다는 토미의 부탁에 응했다. 할아버지가 집에 오셨을 때, "뭐라고 해요?"라고 물었다.

"장례식 이야길 하려던 게 아니던데. 다음 소방대원 파티에서 요긴하게 써먹을 새로운 농담을 알려주려고 불렀다더라. 상태도 오늘 알려준 농담만큼 고약해 보이지 않았어. 내년에도 멀쩡할 거야."

와일드 할아버지의 판단은 틀렸다. 의사들은 기상예보사의 일기 예보처럼 죽음을 가늠한다. 게다가 토미의 의사는 마치 하늘의 계시를 정확하게 읽을 줄 아는 것 같았다. 이틀 후인 크리스마스 이브 오후 1시, 토미는 사망했다. 가족들은 잠깐 기다려달라는 연락을 해왔다. 장의사가 가기 전에 그를 마지막으로 보고 싶은 가족과 친구들이 있다고 했다. 우리는 기다리고 또 기다렸다. 오후 4시가 됐고, 우리는 다시 전화를 걸어서 토미의 시신을 운반해도 되는지 물었다. 할아버지는 토미의 집에 가려고 안달이 나 있었다. 가족들에게 서두르라고 재촉하기 위해서가 아니라 친구를 위해 할 수 있는 일을 하고 싶었기 때문이었다.

이번에 가족들은 "토미 삼촌이 노리스타운에서 오고 있어요. 한 시간 있으면 도착할 것 같아요. 삼촌은 보고 보내고 싶어요"라고 말했다. 하지만 와일드 할아버지는 더 이상 장례 식장에서 기다리고 싶지 않았다. 그래서 우리는 영구차에 짐을 싣고 토미의 집을 향해 출발했다. 그곳에 도착했을 때 가족들이 현관문에 걸어놓은 검은 린넨 천이 눈에 들어왔다.

거기에는 집에서 만든 현수막이 걸려 있고, 삐뚤삐뚤한 아이들 글씨로 "아빠가 돌아가셨어요. 마지막으로 아빠를 보고 싶으시면 어서 들어오세요"라고 씌어 있었다.

집에 들어가자 습한 냄새와 무겁고 음울한 분위기가 동시에 느껴졌다. 토미는 거실 한가운데 놓인 호스피스 침대 위에 누워 있었다. 그가 이곳에서 삶의 마지막 시간을 보냈다는 사실을 여실히 보여주는 의도적인 장소였다. 다른 집들은 죽음을 앞둔 환자의 침대가 침실에 있어 조용한 분위기를 만들어주는 데 반해 토미의 침대는 집에서 벌어지는 모든 행위의 중심에 있었다. 그래서 가까운 친구나 가족처럼 아끼는 이웃, 가까운 곳에 살고 있는 가족을 직접 맞이할 수 있었다.

토미의 아내인 에이미는 장례식 때문에 부엌에 앉아서 머리를 다듬고 있었다. 에이미의 머리를 잘라주던 여성이 우리를 보고 대뜸 물었다.

"누구세요?"

"와일드 장의사입니다." 할아버지가 대답했다.

"맞아, 우리가 장례식 치를 때도 오셨었는데"라는 대답을 듣고, 나는 웃음이 났다.

"이름 스펠링이 어떻게 되시죠?"라고 묻기에 나는 오스카 와일드나 여배우인 올리비아 와일드를 아느냐고 물었다. 알고 있다는 대답에, 그들의 성과 똑같이 쓴다고 대답했다.

집은 활기가 넘쳤다. 토미의 세 딸은 집 여기저기를 뛰어다니면서 TV를 보기도 하고, 불쑥 찾아오는 이웃과 이야기를 나누기도 했다. 가끔씩은 아빠 옆에 앉아서 팔을 쓰다듬었다. 와일드 할아버지는 알고 있던 사람이나 처음 보는 사람과 포옹을 하면서 모두를 즐겁게 해주었다. 마치 늘 그래왔다는 듯, 원래 계획에 따라서 장례식을 치르는 것처럼 보였다. 계획하지 않았던 돌발적인 방문은 시간을 약간 과거로 되돌려주었고, 할아버지는 덕분에 옛날 동네 장의사들이 했던 역할을 훌륭하게 해냈다.

두 시간도 더 넘게 기다려서야 노리스타운의 삼촌이 도착했다. 드디어 집에 온 삼촌은 차가 막혀 늦었다면서 30분 동안 토미와 함께 시간을 보냈다. 오후 7시가 되어서야 우리는 토미의 아내와 세 딸, 여동생 둘, 부모님께 시신을 장례식장으로 옮겨도 되는지 물었다.

가족들은 한 명씩 토미의 얼굴에 키스를 했고, 우리는 시신을 운반했다. 부모님은 아들의 이마에 키스를 했고 아이들은 아빠의 뺨에 키스했다. 아내는 남편의 입술에 키스를 했다. 가족들의 인사가 끝난 다음에 할아버지와 나는 들것을 가지러 영구차로 갔다.

토미의 삶에는 그만의 방식이 고스란히 담겨 있었다. 그는 개의치 않고 한계를 부수는 사람이었고, 그의 가족도 별반 다르지 않았다. 들것을 꺼낸 뒤 나는 할아버지께 "토미 가족들이 직접 망자에게 옷을 입히고 싶어하지 않을까요?"라고 물었다. 거실에 앉아 있으면서, 토미네 가족은 바로 그런 사람들이라는 생각이 들었다.

사랑하는 사람이 사망했을 때, 그 지인들이 직접 시신을 꾸며주는 것이야말로 훌륭한 죽음의 가장 대표적인 예였다. 다시 말해서 죽음과 관련된 모든 것이 긍정적일 때 가능한 일이었다. 죽음이 부정적인 문화로 형성되고, 계속 그렇게 받아들여지는 이유에는 장례 산업이 '가족들은 망자를 감당할 능력이 없어요. 죽음은 무섭고, 복잡하고, 메슥거리고, 슬픈 것이죠. 그러니까 우리가 대신 해드립니다'라고 인식시키기 때문이다.

장례 산업은 관련된 일을 전문화시키고, '동네 장의사'의 개념을 없애버렸다. 그러면서 암묵적으로 또 법적으로 모두를 '죽음과 관련된 아마추어'로 만들어버렸다. 의사가 죽음을 선고할 권한이 있는 것처럼 장의사는 죽음에 관한 권한을 얻어냈다. 그렇게 죽음에 서툰 사람들, 즉 삶의 마지막 순간에 있어 경험과 노하우가 부족한 사람들에 관한 문화를 만들어냈다. 장례 산업은 '죽음의 전문가'를 만들어내는 데서 일부 책임이 있다. 업계가 나서서 법과 교육적 요구 조건을 만들어 자신의 위치를 보전하고, 적어도 죽음에 관한 배타적인 직업처럼 보이게 하고 있다.

하지만 전문가와 아마추어를 구분하는 것은 자본주의적인 장의사뿐만이 아니다. 장례 산업이 동네 장의사를 매장시킨 이유 중 하나는 죽음이 현대의 미국 사회가 가진 삶의 리듬이나 이를 받아들이는 미국인들에게 맞지 않기 때문이다. 죽음은 '자기 통제'라는 환영을 의심하게 만든다. 그래서 사람들은 죽음을 무시한다. 더 나은 방법은 대신 죽음을 처리해줄 누군가에게 맡기는 것이다.

이제 미국에서는 죽어가고 있거나 죽은 사람을 친절한 양로원 산업이나, 죽음을 마치 예정일이 지난 임산부인 것처럼 받아들이는 병원 시스템, 기쁜 마음으로 망자를 대신 처리해주는 장례 산업에 맡기면서 서로에게 도움이 되는 '윈윈(Win-Win)'이라고 판단한다. 한마디로 대신 죽음에 대응할 누군가를 고용하고 상당한 돈을 지불한다. 죽음에 관한 부정적인 인식은 미국인들의 영혼 속에 섞여 있다. 그래서 다양한 전문 집단을 만들어서 모든 과정을 대신 처리하도록 해버렸다.

장의사도 이들 중 하나다. 장의사들은 망자의 시신을 가져다가 염을 하고, 옷을 입히고, 관에 넣고, '짠'하고 마법처럼 사라지게 만든다. 부패가 되지 않도록 방부 처리를 해서 흠이 가지 않게 만들어 잠자는 듯한 시신을 만들어주는 것이다. 화장을 하는 것도 다르지 않다. 시신을 가져가서 작은 상자로 바꿔주는 과정에 가족은 전혀 참여하지 않는다. 현대적이면서도 죽음에 관한 부정적인 인식을 악화시키는 일종의 마법인 셈이다. 죽음 근처에 접근하지 않으면서 망자를 배려하고 사랑할 수 있게 해주기 때문이다.

쉽게 잊히고 무시되며, 매우 단출한 논리이다. 죽음을 많이 접할수록, 두려움은 줄어든다. 망자에게 가까이 갈수록, 죽음을 더 쉽게 수용한다. 지금까지의 역사를 살펴보면 사람들은 죽음과 아주 가까웠다. 현대에는 죽음과 관련된 부정적인 인식이 너무 강해서 초월하기가 어렵다. 하지만 가끔은(아주 가끔이긴 하지만) 토미 가족과 같은 사람들이 있다. 이들은 아주 약간일지라도 죽음에 대한 부정적인 기운을 이겨내고, 장례 절차의 청중에서 만족하기보다는 더 적극적으로 죽음을 받아들인다. 그래서 현대 사회의 마법에서 벗어나고 죽음을 눈으로 볼 수 있도록 만든다.

어떤 가족들은 가능한 죽음에 대한 고정 관념에서 벗어나고 싶어진다. 직접 죽음을 다루고, 스스로가 죽음에 관련된 전문가가 되려고 한다. 예를 들어서 아미쉬 족은 지금도 사랑하는 망자의 시신에 직접 옷을 입히고 관에 넣는다. 장의사는 염을 담당하고, 그다음은 가족들이 직접 마무리 작업을 한다. 어떤 가족들은 시신을 씻기고, 조심스럽게 옷을 입혀 나무로 된 관에 넣는다. 몰몬교, 이슬람교, 유대교도 마찬가지이다. 아주 가까운 공동체 사이에서만 누릴 수 있는 특별한 의식이었다. 나는 토미 가족이 특별함을 누리기를 바라는지 묻고 싶었다.

할아버지도 동의하셨다. "직접 물어보지 그러니?" 할아버지는 그렇게 말씀하셨다.

우리는 현관문으로 들것들 들고 토미가 누워 있는 침대까지 걸어갔다. 할아버지는 돕고 싶은 사람은 누구든지 도와달라고 청했다. 순식간에 열 개도 넘는 손이 토미의 침대를 둘러쌌다. 우리는 침대 매트리스 시트를 잡아서 토미의 몸을 들어 올려 들것에 실었다. 할아버지와 내가 토미를 들것에 묶었고, 할아버지는 그 다음 날 장례식 준비를 위해 만날 약속을 정했다. 가족들에게 장례식에서 토미가 입기를 바라는 옷을 가져와달라고 알려주었다. 그러고는 말을 마치지 않고 내게 발언권을 넘겨주셨다. 내가 질문할 차례였다.

나는 가족들이 어떤 반응을 보일지 몰라 반신반의하면서 목을 가다듬고 물었다. "장례식을 위해 가족들께서 토미에게 직접 옷을 입히는 건 어떠세요?"

토미 아내의 얼굴 위로 눈물이 흐르기 시작했다. 여동생들도 울고 있었다. 가족들은 사랑을 표현할 분출구를 찾고 있었다. 내 제안은 사랑을 표현할 수 있는 한 가지 방법이었다.

가족들은 눈물을 흘리면서 "그래도 되나요?"라고 물었다. 내가 그렇다고 대답하자 토미의 아내는 나를 끌어안고 어깨에 기대어 흐느끼기 시작했다. 흐느낌에 멎었을 때 나는 토미 부인이 내 양복에 묻힌 콧물 때문에 드라이클리닝 값을 받아야겠다고 농담을 했다.

차를 운전해서 집으로 돌아오는 동안 내성적인 성격이 슬슬 고개를 들기 시작했다. 왜 나는 4년 동안 스바루 자동차를 타고 학교까지 통학을 하고, 많은 돈을 써가면서 전문 장의사 자격증을 따야 했던 것일까? 자격증이 없는 사람도 충분히 할 수 있는 일인데 말이다. 토미의 집을 나오는데, 에이미는 직접 염과 화장을 하고 싶다고 말했다. 물론 염을 할 수는 없었다. 대신 조문객들이 토미를 마지막으로 볼 수 있는 공간을 스스로 만들어냈다. 가족들이 토미와의 작별 인사와 조문객들을 위해서 만든 공간은 정말 아름다웠다. 와일드 할아버지는 사람들을 웃게 하고 기분 좋게 만든다. 이들에게 필요한 것은 손을 잡고 칠흑 같은 죽음의 복도를 통과하도록 도와줄 수완 좋은 전문 장의사가 아니었다. 가족들은 토미의 시신을 편안하게 생각했고 가능한 많은 일을 스스로 하려고 했다. 토미 가족에게는 오래 전의 '동네 장의사'도 잘 맞았을 것이다. 그들은 죽음에 관한 한 아마추어가 아니었다.

그다음 날인 크리스마스 이브에 토미 가족이 옷을 들고 현관에 들어섰다. 가족들은 와일드 할아버지와 장례식 준비를 했고, 준비가 끝난 다음에는 내가 가족들을 옷 방으로 안내하면서 고인에게 옷을 입히는 절차를 설명했다. 사랑하는 사람을 잃은 후의 뇌는 술에 취한 사람과 비슷하다. 뇌 에너지의 80~90퍼센트가 상실감 속에서 다시 평정을 되찾기 위해 노력하느라 사용되기 때문에, 상황을 충분히 인식하지 못한다.

나는 토미 가족이 제대로 일을 해낼 수 있을지 확신할 수 없었다. 어쩌면 눈물을 흘리면서 옷 방을 뛰쳐나갈지도 몰랐다. 쇄골 근처에 생긴 절개 자국을 차마 보지 못할지도 모를 일이었다. 어쩌면 염을 위해서 사랑하는 토미에게 큰 상처를 낸 나를 미워할지도 모른다고 생각했다.

가족들은 담담한 얼굴로 옷 방으로 들어갔다. 분명히 감정적으로 벅찼을 일인데도 큰 동요 없이 끝내는 데 골몰했다. 우리는 토미의 정장을 내려놓고, 속셔츠, 드레스 셔츠, 스포 트 코트를 나누었다. 그다음에는 몸을 들어 올리는 데 쓰는 리프트를 사용해서 토미에게 속옷, 바지, 양말을 신겼다. 셔 츠 끝을 바지 속에 집어넣고 벨트를 바지 주변에 둘렀다. 여 동생 중 누군가는 토미의 머리를 빗기고, 스타일을 정리했다. 내가 보통 일을 할 때 그렇듯, 가족들도 토미에게 계속 말을 걸었다.

"당신 바지가 너무 꽉 끼나? 벨트를 좀 느슨하게 할게. 당 신이 제일 좋아하는 오래된 벨트 가져왔어"라고 에이미가 말했다.

"머리는 당신이 좋아하던 대로 해줄게. 만족스러울 거야."

"정장 입는 거 싫어하지만 이번에는 어쩔 수 없어. 사람들 이 당신을 보러 온단 말이야."

마지막으로 에이미는 "사랑해, 톰. 곧 다시 만날 거야"라고 인사했다.

장례식에서는 토미의 가족과 200명이 넘는 또 다른 사람 들이 교회에 나타났다. 크리스마스가 며칠 지난 후였고, 교회 는 여전히 대림절(크리스마스 전 4주) 장식으로 꾸며져 있었다. 화환과 초 때문에 교회 안은 축제 특유의 향기가 가득했고,

일 년 중 이 특별한 시간이 주는 즐거움이 교회에 있는 사람들의 마음에 스며들어 있었다.

삶을 우리가 타인과 아름답고 복잡하면서도 엉망으로 얽히고, 타인에게 우리의 곁을 내주면서 만들어진 거미줄과 같다. 그렇다면 죽어가는 과정 역시 우리가 만들어낸 삶의 거미줄 속에서 진행되어야 하는 게 아닐까? 마찬가지로 장례 기업이나 장의사 한 명이 아니라, 우리가 만들고 또 우리를 만든 삶의 연계 속에서 이루어져야 하는 것이 아닐까?

장의사는 중요한 가치를 갖는다. 그래서 어떤 형태로든 줄곧 존재해왔다. 죽음은 고통스럽다. 하지만 그렇다고 죽음에 굴복하고 소위 말하는 전문가에게만 맡긴 다면, 남은 가족과 사랑하는 사람들을 빼앗기는 것과 같다.

토미 가족은 내게 누구든지 망자를 보내는 과정의 일부가 될 수 있고, 또 되어야 한다는 사실을 알려주었다. 나는 자본주의적인 의도가 사람들을 죽음에 관한 아마추어로 만들어버리는 현실이 안타깝다. 장의사들이 이 과정을 독점해서 죽음을 더 부정적인 것으로 만들어버리게 된 것도 유감스럽다. 하지만 삶과 죽음이 주는 진창 속에서, 죽음과 고인에게 더 가까이 갈 수 있는 방법을 찾을 수 있을 거라고 생각한다.

죽음 속에서 삶을 찾을 수 있다.

8

죽음을 그대로
받아들이는 것

그들은 죽음을 인정했고,
그 행동은 정말 고귀한 것이었다.

장의사가 하는 또 다른 일은 요양원에 수시로 연락하는 것이다. 누군가 요양원에서 사망해 그 시신을 운반할 때는 늘 불편한 기분이 든다. 밤에는 요양원을 방문하는 손님도 없고 환자의 대부분이 잠이 든다. 그때가 되어서야 직원들은 우리를 아무도 없는 복도로 안내한다. 낮 동안에는 방문객도 많고, 요양원 환자들이 늘 복도를 오가기 때문에, 간호사들은 시신을 숨기다시피 한다.

장의사는 요양원에서 사망한 환자의 시신을 주로 뒷문을 통해서 운반한다. 다른 환자들의 눈에 띄지 않기 위해서다. 우리는 이를 두고 '뒷문 정책'이라고 부른다. 요양원 뒷문에는 전화기가 하나 있다. 요양원에 도착하면 우리는 이 전화를 이용해서 앞문에 전화를 걸어 "와일드 장례식장의 칼렙 와일드입니다. 그 부인을 모시러 왔는데요. 지금 뒷문에 있어요. 문을 좀 열어주세요"라는 식으로 말한다.

몇 분 후면 간호사 한 명이 미소를 지으면서 문을 열고 안으로 들여보내준다. 간호사는 뒷문에서 고인이 있는 방까지 이동하면서 다른 환자의 방문이 열려 있으면, 그 방문을 꼭 닫는다. 모든 간호사들은 다른 환자들이 나와 내가 하는 일을 보지 못하도록 특정한 구역 안에 몰아놓는다. 우리는 닌자처럼 복도를 통과해서 요양원에서 누군가 사망했다는 사실을 아무도 눈치 채지 못하기를 바란다.

병원은 '시신 숨기기'를 과학적으로 해결한다. 병원에는 늘 영안실이 있기 때문에 시신은 절대 눈에 띄지 않는다. 병원에서 사망한 사람은 교회로 치면 무신론자와 같다. 병원이 세상의 모든 보건 문제를 해결해주진 못한다는 괴로운 사실을 반증해주기 때문이다. 그래서 누구도 눈치채지 못하도록 차가운 방에 망자를 놔두고 외면한다. 아마도 사방이 벽으로 둘러싸인 병원의 내부보다 죽음을 더 부정적으로 보는 곳은 없을 것이다.

과거에는 지금처럼 죽음과 죽어가는 과정을 쉬쉬하지 않았다. 1800년대 말까지 의사들은 고인의 집을 방문했고,

장의사들은 고인의 집에서 장례를 치렀다. 우리 할아버지께서는 10대였을 시절 장례식장이 아닌 고인의 집에서 염을 했던 때를 기억한다. 장의사들은 염을 위한 이동식 도구와 용액이 혼합된 병을 가지고 다녔다. 이상적인 용액의 압력을 위해서 병을 적절한 높이로 들고 다녔다고 한다. 할아버지는 당신의 아버지와 고인의 피를 부엌 바닥에 덜 떨어뜨리는 것으로 경쟁을 했다고 한다. 혹 고인의 집 부엌에서 염을 할 수 없을 때에는 할아버지 댁 부엌에서 염을 했다. 염을 위한 테이블을 치운 다음에는 부엌의 싱크대로 피를 흘려보냈다. 1954년에 우리 집에 와일드 증조할머니가 그렇게 바라던 영안실을 갖추게 되면서, 더 이상 부엌에 고인을 모시지 않게 되었다.

하지만 우리가 지금 장례식장으로 사용하고 있는 집을 매입하기 전까지 손님들은 마지막으로 고인과 작별 인사를 할 수 있는 장소로 고인의 집 거실을, 장례식장으로 교회를 사용했다.

지금은 집이나 공동체 속에서 죽음을 맞는 일이 없다. 모두가 병원에서 죽음을 준비하고, 의사는 공동체를 대신해서 죽음을 관장할 수 있는 권위자가 된다. 이처럼 권위적인 기관이 공동체를 대신하게 된 것은 합리적인 이유 때문이다.

의사, 병원, 간호사들은 병을 기적적으로 치료할 능력이 있다. 하지만 의학적인 기적이 발휘될 수 없을 때면, 죽음은 의학의 발전으로 모든 것을 해결할 수 있다는 신념을 산산이 부수어버린다.

나는 누군가가 사망했을 때 병원과 요양원이 느끼는 긴장을 이해한다. 사람들은 의학 기술이 기적과 같다고 믿는다. 하지만 어쩔 수 없는 상황이 발생하면, 기적을 믿는 희망은 사그라진다. 의학에 대한 신념에 구멍이 뚫리지 않도록 망자를 숨겨야 한다. 병원의 환자들과 방문객들의 마음이 멀어질까 두려워 증거를 감추어야 하는 것이다.

로스(Elizabeth Kubler Ross: 죽음을 연구한 유명 학자 – 옮긴이)는 보이지 않는 죽음에 대해서 다음과 같이 적었다.

죽음은 삶의 중요한 부분이며, 태어나는 순간부터 자연스러운 것이고, 언젠가 맞게 될 것이라고 예측할 수 있는 대상이다. 하지만 탄생이 축하할 일인 것과 달리 죽음은 무시무시하고 언급해서는 안 되는 것이다. 현대 사회에서는 죽음을 모든 방법을 동원해 피해야 한다. 현대의 사회에서는 죽음을 받아들이기가 어렵다. 낯설기 때문이다. 병원에서 사망한 환자는 재빨리 다른 곳으로 운반된다. 누군가의 마음을 동요시키기 전에 마법처럼 증거를 인멸해야 한다.

나는 뒷문으로 재빨리 시신을 운반하는 것보다 더 나은 대응 방법이 있을 것이라고 늘 생각했다. 고인을 숨기는 것 말고 죽음을 존중하는 방법이 있어야 한다. 죽음을 숨기는 게 아니라 수용하는 방법이 있을 것이다. 그러던 어느 날 나는 그것이 무엇인지를 경험할 기회를 얻게 되었다.

그건 일이 제일 바쁘던 날에 있었던 일이었다. 그날 우리는 장례를 세 번이나 치렀다. 아침에 한 번, 오후에 한 번, 저녁 때 한 번이었다. 내가 일을 모두 마무리하고 집에 갈 준비를 하고 있던 저녁 8시에 전화벨이 울렸다. 리티츠에 있는 루터 애크리스 요양원에서 걸려온 전화였다. 나는 당장 차에 올라서 리티츠로 향했다.

지금까지 내가 가진 최장 시간 근로 기록은 장례식과 시신 운반을 포함해 서른 시간을 일한 것이었다. 하지만 그날은 전화로 요청된 일을 끝내도 서른 시간보다 훨씬 못 미친 열네 시간 근무로 일을 마칠 것 같았다. 그다음에 나는 집으로 돌아가 잠자리에 들 것이고, 그다음 날도 일어나서 똑같은 일을 반복하리라. 당시는 너무 바빴고, 마치 계속 양복을 입고 생활하는 것 같았다.

루터 애크리스 양로원은 초행길이라, 10분 정도 늦을 것 같아 전화를 걸었다.

"안녕하세요. 장의사인 칼렙 와일드입니다. 테일러 부인을 모시러 왔습니다. 지금 요양원 근처인데, 어디로 갈까요?"

나는 간호사가 요양원 뒤로 돌아가 뒷문에 차를 대고 연락을 취할 방법을 알려줄 것이라고 생각했다. 하지만 간호사는 쾌활하게 "우린 '앞문 정책'이에요. 그냥 입구에 차를 대시면 돼요"라고 답했다.

순간 스트레스가 풀리는 기분이었다. 사실 간호사가 말하는 '앞문 정책'이 어떤 것인지 정확하게 알지 못했다. 하지만 목소리가 너무 쾌활해서 좋은 것이라고 막연하게 생각했다.

10분 후, 나는 차를 정문에 주차시켰다. 간호사가 밖에서 날 기다리고 있다가 반갑게 맞아주었다. 좀처럼 볼 수 없는 일이었다. 몰래 숨어서 들어가야 했던 다른 요양원과 달리 이번에는 간호사를 따라 정문으로 들어가 복도를 걸어서 테일러 부인의 방으로 갔다. 부인의 가족들은 이미 다녀간 뒤여서 방에는 간호사와 테일러 부인뿐이었다.

나는 들것에 테일러 부인을 옮기면서 두 사람의 관계가 어땠는지를 가늠하기 위한 질문을 했다.

"부인께서 이곳에 얼마나 오래 지냈나요?"

"사망 전에 많이 고통스러워하셨나요?"

"말씀을 하실 수 있었나요?"

등의 질문이었다.

간호사들이 환자의 죽음을 슬퍼하지 않을 거라고 생각한다면 오산이다. 환자들은 요양원에서 몇 년을 지내기 때문에, 대부분이 간호사와 관계가 돈독했다. 간호사들도 매일 함께 지내는 환자들에게 애정을 느꼈다.

하지만 테일러 부인은 달랐다. 부인은 치매가 심했을 때 요양원에 들어왔기 때문에 간호사들과 친해질 시간이 부족했다. 그래도 애정을 느낄 수 있었다. 다만 간호사 쪽의 일방적인 애정이었다. 갓 태어난 아기들에게 처음부터 끌리고 애정을 느끼듯이, 연로한 노인이나 장애인들에게도 같은 마음을 갖게 된다.

'성스러운'이라는 단어는 원래의 뜻을 되찾아야 한다. 이 단어가 원래의 의미를 잊고 종교적인 뉘앙스를 띠게 되었기 때문이다. 물론 종교적인 의미로 통하는 경우도 있지만, 그 이상을 넘어선 사랑으로 정의되기도 한다. 무언가 또는 누군가 사랑을 받을 때, 사랑은 그 대상을 신성하게 만든다. 아이들도 신성하게 여겨지고, 사랑하는 사람들도 신성시된다. 우리의 취미도 신성한 것이 되며, 나이가 들고 몸이 불편해진 노인들도 사랑을 받을 때는 신성해진다. 사랑하는 사람의 시신 역시 신성하다. 더 이상 움직이지 못하지만, 가족과 친구들의 사랑 덕분에 소중하게 신성시되기 때문이다.

루터 애크리스 요양원에서 이후에 벌어진 일은 내가 짧은 나의 인생에서 보았던 가장 신성하고 고귀한 것으로 꼽을 수 있다.

내가 테일러 부인을 들것에 옮긴 후 간호사는 직원들이 만든 '존경을 담은 퀼트 담요'를 끄집어냈다. 간호사는 나와 함께 퀼트 담요로 부인을 덮으면서 직원들의 사랑과 배려가 담긴 담요라고 알려주었다. 그러더니 "잠깐만요, 곧 돌아올게요"라며 사라졌다.

몇 분 후 간호사가 돌아와서 말했다.

"됐어요, 테일러 부인을 위해서 길을 만들었어요. 우리 직원들이 방부터 입구까지 줄을 지어 서 있어요"라고 설명하며, 나는 테일러 부인의 들것을 밀고 차까지 가기만 하면 된다고 했다.

"늘 이렇게 하세요?" 내가 놀라서 물었다.

"네, 밤이든 낮이든 똑같이요." 간호사가 대답했다.

나는 한창 방문객과 환자들이 붐비는 낮에는 이런 작은 전통이 어떤 모습일까를 생각했다. 요양원의 모두가 일을 멈추고 망자를 배웅하는 것이 현실적으로 어떤 의미일지에 대해서도 생각했다. 죽음을 감추는 것도, 죽음이 보이지 않게 만드는 것도 아니었다. 고인이 된 환자를 존중하는 것이었다. 그저 죽음을 있는 그대로 받아들이는 것이었다. 옳은 행동이고, 신성했다.

나는 테일러 부인이 누워 있는 들것을 밀면서 문을 벗어나 복도를 걸어갔다. 양쪽에는 요양원의 직원들이 서 있었다. 사람들은 테일러 부인을 애도하면서 아무 말 없이 서 있었다. 나 역시 겸허해지는 기분이었다. 테일러 부인뿐 아니라 간접적인 방식으로 내 존재도 인정받고 있었다. 동시에 나의 일과 직업을 아주 특별한 방식으로 인정해주고 있었다. 비록 열네 시간을 일한 후였지만 힘이 솟는 것 같았다. 나는 숨어야 할 존재도, 보이지 않아야 할 존재도 아니었다.

테일러 부인을 차에 태우는데, 많은 것을 느낄 수 있었다. 정말 긴 하루였고, 꽤나 피곤했다. 하지만 루터 애크리스 요양원이 테일러 부인을 얼마나 존중하고 애도하는지 알 수 있었다. 환자들 한 명 한 명을 모두 인정했고, 나 역시 인정받았다. 그들은 죽음을 인정했고, 그 행동은 정말 고귀한 것이었다.

9

침묵의 목소리

어쩌면 죽음보다
그로 인한 침묵이 더 두려운지도 모른다.

나는 젊은 장의사이고, 긴장하는 것을 종교를 통해 많이 극복했다. 원칙과 확신을 바랐고, 누구나 받아들일 수 있는 보편적인 진실을 원했다. 그래서 신의 규칙을 따르고, 신을 통해서 죽음으로 인한 혼란을 막아내고 싶었다. 종교는 내 존재를 위한 진통제였고, 선택을 위한 영원한 프로젝트였다. 그런데 몇 년 전에 로비네 아이들의 얼굴을 보았을 때, 이 모든 것이 통째로 흔들렸다.

나는 걸려온 전화를 미리 연습해놨던 인사말로 맞았다. 수화기 반대편에서 여자가 갑작스럽게 말했다. "사고가 있었어요. 사위인 로비가 어제 오토바이 사고로 죽었어요."

그때는 이미 이런 종류의 전화를 꽤 받아봤기 때문에 처음의 인사말처럼 미리 연습해놓았던 문장 대여섯 개를 건넸다.

"고인의 명복을 빕니다."

"고마워요"라고 여자가 말했다.

나는 잠깐 말을 멈추었다. 상대방이 또 다른 말을 하려는지 가늠하기 위해서 짧은 침묵이 흐르도록 놔두었다. 그러면서 원래 연습했던 대로 대화를 이끌어나가야 할지, 아니면 고인의 사망에 대해서 자세하게 물어야 할지를 고민했다.

결국 원래 정해진 대로 병원은 어디인지, 부군을 잃은 미망인이자 전화를 건 당사자의 딸의 이름은 무엇인지(이름은 제나였다), 딸의 연락처는 무엇인지를 물었다. 마지막으로 가장 어려운 질문을 할 차례였다.

"따님께서는 시신을 염하기를 바라시나요? 아니면 화장을 원하시나요?"

나의 조심스러운 질문에 의례적인 답이 이어졌다.

"시신의 상태에 따라 결정할게요. 검시관은 사위가 헬멧을 안 쓰고 운전하다가 나무와 충돌했다고 했어요. 알고 있는 건 그게 전부예요. 시신 상태가 안 좋으면 화장하고 싶어요. 어떻게 고칠 수 있다면 염을 하고요."

우리는 다음 할 일을 함께 검토했다. 나는 병원에 전화를 걸어서 사위의 시신을 운반할 수 있는지 알아보고, 검시관에게 시신의 상태를 확인한 다음에, 다시 고객에게 전화를 걸어서 언제 장례식장을 방문해 장례 준비를 시작할 수 있을지 알려주기로 했다.

나는 검시관에게 전화를 걸었고, 병원에서는 시신을 가져가도 된다고 했다.

한 시간 후 나는 영안실에서 사체낭을 열고, 그 속에 담긴 마흔 살 된 남성의 시신을 공개해도 되는지 확인하고 있었다. 고인은 나무에 머리가 부딪친 충격으로 사망했는데, 잘하면 원래 모습으로 복구할 수 있을 것 같았다. 생각대로 된다면 마지막으로 아내는 남편을, 아이들은 아빠의 모습을 볼 수 있을 것이다.

열 시간 동안 꿰매고, 붙이고, 채우고, 메이크업 작업도 하면서 갖은 애를 썼지만, 어딘가 잘못된 듯 보였다. 물론 우리는 고인이 살아 있을 때의 모습에 익숙하기 때문에 사망한 후의 모습은 언제 보아도 낯설게만 느껴진다. 하지만 이번은 달랐다. 사고를 당했을 때 그는 강한 힘으로 머리를 나무에 던져버린 것과 같은 충격을 받았다. 마치 갤러거(코미디 프로에 나와서 거대한 망치로 수박을 부수어 인기를 끈 코미디언 – 옮긴이)가 망치로 가격한 수박을 원래대로 되돌리는 것과 비슷했다.

우리는 고인의 아내에게 남편의 시신을 공개할지, 아니면 그대로 관을 닫을 것인지를 물었다. 아내는 시신을 공개하겠다고 했다. 혹독한 현실과 뼈를 끊어내는 듯한 고통의 원인을 다른 이들과 공유하기로 결정한 것이다. 여기에는 이들 부부의 아이 넷과, 아이들을 위로하러 올 학교 친구들도 포함되었다. 아마도 이들 대부분에게 이런 가혹한 죽음을 대면하는 것은 처음이었을 것이다.

시신을 공개하기로 했던 시간이 거의 끝나가고 있었지만, 손님은 줄지 않았다. 로비의 경우처럼 장례식 손님이 많을 때는 몇 가지 이유가 있었다.

첫 번째는 고인의 인맥이다. 인맥이 넓거나, 교회에 열심히 다녔다거나, 공동체에서 활발하게 활동해온 사람이라면, 그것도 아니면 그저 가족이 많은 경우에도 장례식 규모가 커진다. 두 번째는 고인의 나이인데, 나이가 어릴수록 장례식의 규모가 커진다. 하지만 가장 중요한 관건은 사망 원인이다.

비극적인 죽음 뒤에는 언제나 거대한 장례식이 따른다. 그 이유는 확실치 않다. 와일드 할아버지는 비극적인 죽음 때문에 고약한 구경꾼들이 모이기 때문이라고 생각했다. 잘 모르는 사람이더라도, 고인이 얼마나 엉망이 되었는지를 확인하려고 호기심이 발동한다는 것이었다. 나는 좋은 쪽으로 생각하고 싶다. 갑작스러운 비극은 너무 고통스럽다. 그래서 준비

되지 않은 이별을 하기 위해 장례식에 더 참석하려고 한다는 게 내 생각이다. 정확한 이유야 어쨌든, 이 세 가지 모두에 해당했던 로비의 장례식에는 손님이 정말 많았다. 그래서 원래 손님들에게 시신을 공개하기로 정한 시각에서 한 시간이 지날 때까지 기다려야 했다. 드디어 마지막 손님이 로비의 관을 떠났다. 가족들은 이제 정말 작별 인사를 해야 한다는 것을 알고 있었다.

손님들을 맞은 장소는 작은 교회였다. 로비의 관은 예배당의 십자가 바로 맞은편에 놓여 있었다. 가족들의 사생활을 위한 방편으로 관을 돌려놓은 상태였기 때문에, 열린 관 뚜껑이 예배당의 의자들로부터 시야를 가려주었다. 덕분에 충격을 받은 가족들이 눈물을 흘리더라도 방해받지 않을 작은 공간이 만들어졌다.

원래는 합창단을 위해서 만들어진 예배당의 훌륭한 음향 장치가 그날은 로비의 아이 넷과 아내의 울음소리로 울려 퍼졌다. 시간마저 멈춘 것 같은 순간이었다. 할아버지는 결국 관 가까이 다가가 양팔로 네 아이를 한꺼번에 안아주면서 말씀하셨다.

"너희들이 이해하기 힘든 거 안단다."

가족을 잃은 사람들의 울음소리가 퍼져나간 예배당에서,

로비의 죽음을 이해하는 사람은 아무도 없었다.

모두가 이해하려고 노력했고, 모두가 합리적인 설명을 찾기 위해서 노력했다.

어린아이들을 본 순간, 나는 아이들과 똑같은 마음이 되었다. 으레 건네는 위로의 말은 모든 의미를 잃어버렸고, 내 마음이 '왜 이런 일이 일어나야 하는지 절대 이해 못 하겠어'라고 말해버리도록 놔두었다.

로비의 죽음에 '더 큰 계획' 같은 건 없다.

시간이 지나도 절대 잊을 수 없는 상처가 있다.

신께서 천국에 또 한 명의 천사가 필요하신 것이 아니다.

나는 10대가 되었을 때부터, 나의 불안을 잠재울 답을 찾기 위해서 노력했다. 고등학교 시절을 '수도하는 마음'으로 보냈고, 선교사가 되려고 공부를 했으며, 지금도 옳은 답을 찾기 위해 학업을 쌓고 있다. 나는 이렇게 말이 막히는 일이 없도록 수많은 단어를 준비해두었다. 신은 내게 '데우스 엑스 마키나(Deus ex machina)', 모든 문제를 해결해주는 초자연적인 존재였다. 나는 가장 어려운 경험을 해결하기 위한 방법으로 천국에서 마법과 같은 장치를 빌려오려고 했다. 하지만 로비의 장례식에서 처음으로 침묵을 허용했다. 천국과 부활이 누군가에게는 소중한 가치를 지니지만 로비의 관 뚜껑을 닫는 그 순간에는 눈물을 흘리는 그의 아이들을 만족시킬 수 없다는 것을 인정했다.

닫히는 관 뚜껑을 바라보면서 성 토요일의 의미를 다시 깨닫게 되었다. 부활절 바로 전주 토요일인 성 토요일은 기독교에서 신성한 날이며, 의심과 불확실성, 버려졌다는 배신감 속에서도 믿음을 버리지 않았던 시기를 뜻한다. 영생을 좇는 것뿐 아니라 죽음을 인정하고, 그래서 죽음에 더 진솔하게 접근해야 한다는 것은 이미 알고 있었다. 돌이켜 생각해보면, 나는 믿음을 잃었던 게 아니다(하지만 당시에는 그럴지도 모른다고 생각했었다). 다만 나의 믿음이 잠깐 조용해졌을 뿐이었다. 신께서 나를 보면서 "잠깐, 쉿"이라고 속삭인 것 같았다.

로비의 장례식은 언젠가 읽었던 제1차 세계대전에 관한 글을 떠올리게 만들었다.

영국의 영령 기념일은 제1차 세계대전의 희생자를 기리기 위해서 1919년 11월 11일에 처음 제정되었다. 1919년 11월 12일에 특별 발간된 「맨체스터 가디언(Manchester Guardian)」에서는 이날을 두고 "11시를 알리는 첫 종이 울리자 마술과 같은 순간이 펼쳐졌다. 트램 열차는 미끄러지더니 곧 움직이지 않게 되었고, 자동차들은 소리와 배출 가스마저 죽인 채 우뚝 멈춰섰다. 튼튼한 다리를 가진 짐마차의 말들도 역시 짐을 실은 채로 멈추었다. 그 모습은 마치 자의로 발을 멈춘 것 같았다. 아무도 움직이지 않았고, 고요함은 깊어졌다. 정적이 도시 전체로 퍼져나갔다. 소리 없는 정적이 너무 강렬해서, 청각을 가지고 있는 사람들은 귓가에 그 소리가 들리는 듯했다. 고통에 가까운 침묵이었다. 희생자들에 대한 기억이 온 도시를 덮고 있었다"고 묘사했다.

죽음의 침묵은 대부분 고통스럽다. 인간의 가장 근본적인 공포를 노출시키기 때문이다. 침묵은 어떤 대답을 하건, 영생을 어떻게 설명하든, 어떻게 죽음을 거부하든, 로비의 아이들에게는 충분치 않다는 사실만을 남겨놓았다.

인간의 뇌는 생물학적으로 미래를 예측하도록 설계되어 있다. 그래서 인간은 생존을 위한 확실함을 좇고, 죽음에 관해 듣게 되면 잠깐 동안 뇌의 회로에서 합선을 일으킨다. 뉴로 리더십 연구소(Neuro Leadership Institute)의 공동 설립자인 록(David Rock)은 이런 습성에 대해서 다음과 같이 설명했다.

인간의 뇌는 순간순간 벌어지는 패턴을 알아내려고 한다. 뇌는 확실한 것을 좋아한다. 그래야만 예측이 가능하기 때문이다. 예측을 하지 못할 때는 자원의 활용을 놀라울 정도로 늘린다. 이 과정에서 전전두엽 피질에 에너지를 집중해서 매 순간의 경험을 처리하게 된다. 전두엽의 순환 속에서는 아주 적은 불확실성마저 '오류 반응'을 이끌어낸다. 그러면 두뇌는 목표를 잃고 오류에 집중한다. 상사가 뭘 바라는지 모른다거나, 일자리의 불안함 등의 큰 불확실성을 겪을 때는 그 정도가 훨씬 더 심해진다.

사랑하는 누군가를 잃었을 때 겪는 불안함이 삶을 완전히 파괴하는 것은 바로 이 때문이다. 우리의 두뇌에서 에너지를 완전히 빨아들이고, 두뇌가 안정감을 다시 찾는 데 집중하도록 명령한다. 아이들이 트라우마를 겪으면 학교 성적이 떨어지는 건 바로 이 때문이다. 이혼을 한 뒤 직장에서 성과가 떨어지는 것도 바로 이 때문이다. 비극적인 죽음이 한 가정을 완전히 파괴하는 것도 그렇다. 사람들이 진실을 말하는 사람을 찾고, 종교 지도자에 의존하며, 경제 전문가의 예측을 듣고, 정치 전문가들의 말에 귀를 기울이는 것도 이들이 확신을 심어주기 때문이다. 사람들은 충분한 설명이 있고, 그 설명에 납득할 수 있을 때 만족감을 느낀다. 하지만 침묵 속에서는 생존을 위한 본능과 생물학적 회로와 지식을 의식적으로 거부해야 한다. 그래서 우리가 가진 답과 설명, 확실성, 영생에 대한 아이디어가 의문, 의심, 불확실성을 충족시킬 수 없다는 것을 인정하게 된다.

사실 불확실함은 공포의 원인이 된다. 죽음이 두려운 이유는 죽음의 침묵이 지난 이후가 확실치 않기 때문일 것이다. 그래서 죽음을 두려워하듯 침묵을 두려워한다. 어쩌면 죽음보다 그로 인한 침묵이 더 두려운지도 모른다.

죽음이 불편하지 않으려면, 침묵을 불편하게 생각하지 않는 것부터 시작해야 한다. 그런데 삶의 충만함을 좇기 위해서는 먼저 침묵이 버겁지 않아야 한다. 지금까지 내 경험으로 미루어볼 때 죽음이 순전히 끔찍하기만 한 것은 아니다. 어쩌면 인간의 경험 중 가장 아름다운 것일지도 모른다. 하지만 나는 죽음의 긍정적인 면을 보기 위해서는 무엇보다 죽음의 침묵을 받아들여야 한다고 믿는다. 마음속에서 용기를 끌어내고, 죽음과 관련된 모든 말을 한켠으로 미룬 채, 죽음을 가르치는 것이 아니다. 배우는 학생으로서 적막 속에서 가만히 앉아 죽음에 귀를 기울이는 것이 가장 먼저 할 일이다.

하지만 쉬운 일은 아니다. 나 또한 이 노력이 얼마나 어려운지를 곧 알게 되었으니까.

10
죽음에 설교는
필요치 않다

내가 약한 존재라는 사실을 인정하는 것은
부끄러움에 굴복하는 게 아니다.

장의사 자격증을 따고 1년쯤 되었을 때의 일이다. 나는 할아버지를 도와서 어떤 노인의 시신에 옷을 입히고 있었다. 자격증을 따기 전에도 영안실에서 혹은 장례식을 준비하는 과정에서 와일드 할아버지를 도와드렸지만, 이제는 펜실베이니아 주 당국이 허락한 '견습 장의사'가 된 것이다. 때문에 염을 하고, 화장품으로 고인을 치장하고, 고인을 관에 모시는 것까지 모든 작업을 보조할 수 있는 자격을 갖게 되었다. 나는 봉합한 의료용 실을 잘라주고, 염을 위한 도구를 놓아주고, 시신을 염할 때 전등을 들어줄 누군가를 할아버지가 얼마나 바랐는지 너무나 잘 알고 있다. 염을 하다보면 흔히 실수를 한두 가지씩 하게 된다. 맨 처음 선택한 방법에 문제가 있을 때는 언제든지 대안으로 사용할 수 있는 다른 방법이 있다. 하지만 그 과정에서 언제나 은총이 가득하지는 않다.

장의사들 중에는 마치 우리가 아침에 옷을 입듯이 고인에게 옷을 입히는 사람들도 있다. 하지만 대부분은 셔츠나 드레스의 뒷부분을 잘라서 환자복처럼 만들어 옷을 입힌다. 옷을 자르는 또 다른 이유는 고인의 사인에 따라서 달라진 몸무게에 옷을 맞추기도 쉽기 때문이다. 옷을 자를 때는 극도의 주의가 필요하다. 약간만 집중력이 흐트러져도 돌이킬 수 없는 사태가 발생할 수 있기 때문이다. 그래서 할아버지와 나는 염을 할 때 음악을 듣지 않는다. 시신을 소독할 때는 더 심해서, 거의 말도 하지 않는다. 아무 말 없이 꼼꼼하게 작업에 집중하면서 온 정신을 쏟는 일이 다반사다. 하지만 가끔은 우리도 침묵을 깨뜨릴 때가 있다.

나는 고인의 메마른 목에 셔츠를 맞추는 와중에 전화벨 소리를 들었다. 가까운 사무실에 있던 아버지가 전화를 받았다. 장의사로서 관록이 붙으면 죽음에도 일정한 주기가 있다는 사실을 파악하게 된다. 예를 들어서 펜실베이니아의 겨울은 독감, 폐렴, 그 밖에 다른 질병을 몰고 온다. 그런데 이런 질병들은 생사를 넘나드는 사람들이 삶의 경계를 넘게 만든다.

그때는 겨울이었다. 전화벨 소리를 들을 나는 다음에 벌어질 상황을 예측했다. "누군가 돌아가셨나봐요." 할아버지도 한 몫 거들었다. "이름도 맞춰보지 그러니?" 나는 아버지에게 어떤 전화인지 물어보기 위해서 영안실을 나가 사무실로 건너갔다. 사망한 고인의 이름은 '채드'였다. 나는 곧바로 돌아와 할아버지에게 고인의 이름을 알려주었다. 설명을 들은 할아버지는 크게 놀랐다. 채드는 몸이 쇠약해질 대로 쇠약해져 있는데 독감이 겹치는 바람에 사망한 노인이 아니라, 어떤 지저분한 호텔에서 마약으로 쇼크사한 젊은이였다.

나는 차고로 가서 1990년대 말에 양산된 뷰익을 개조한 왜건을 끌고 나왔다. 차 뒤에는 들것을 싣고, 라텍스 장갑과 보호 장비를 집어 들었다. 몇 달 전에 호텔 3층에서 사망한 또 다른 고인이 기억났다. 호텔에 엘리베이터가 없어서 아버지와 함께 고인이 누워 있는 들것을 매고 층계를 내려와야 했다. 호텔 층계가 협소한데다가 고인의 사인 때문에 우리는 위험을 감수하고 고인의 머리를 아래쪽으로 해서 이동시켰다. 덕분에 그의 배 속에 들어 있던 내용물이 내게 쏟아져 옷을 몽땅 버린, 떠올리기 싫은 기억이었다.

우리는 차를 타고 30분 정도를 이동했고, 1층짜리 호텔에 차를 세웠다. 나는 안도의 한숨을 내쉬었다. 경찰은 사고 지역을 표시한 통제선을 넘어가도록 허락해주었고, 채드가 누워 있는 방을 보여주었다. 그의 시신은 흰색 천으로 덮여 있었다. "운반할 때 조심하세요. 시신 밑에 주삿바늘이 있을지도 몰라요." 경찰이 경고했다.

채드가 집이라고 생각했던 게 분명했던 호텔방 여기저기에서 마약을 주입하기 위한 물건이 눈에 띄었다. 우리는 채드가 누워 있는 곳으로 들것을 끌고 가서, 그의 몸을 덮고 있는 흰색 천을 들췄다. 아직 30대에 들어서지도 않은 채드의 몸은 이미 색깔이 변해 있었다. 천정을 보고 있는 그의 감은 눈꺼풀과 코 사이의 움푹 들어간 부분에는 물인지, 눈물인지 알 수 없는 액체가 고여 있었다. 이런 경우는 대부분 고인이 마지막 숨을 몰아쉬기 전 몇 분을 짐작하게 하는 작은 퍼즐 조각이 된다. 그렇다고 전체 퍼즐을 맞출 수 있는 정도는 아니고, 나머지는 상상에 맡길 뿐이다. 어쩌면 채드가 곧 다가올 운명을 깨닫고 눈물을 흘렸을 수도 있고, 아니면 정신을 잃어 물컵을 얼굴에 떨어뜨렸을지도 모른다. 마약 때문에 심장 박동과 혈압이 높아져서 흘린 땀이 고인 것일 수도 있다. 그게 어떤 것이든 우리는 맡은 일을 해야 했다. 아버지와 나는 채드의 시신을 들것에 옮겼고, 차로 들것을 밀어서 이동한 다음, 집으로 돌아와 염을 마쳤다.

장례식 날 아침, 우리는 준비를 위해 한 시간 이상 일찍 교회에 도착했다. 원래 교회에서 장례식을 할 때 우리는 가장 먼저 도착하려고 서두르곤 한다. 하지만 그날은 채드의 어머니가 우리보다 먼저 도착해서 미소 띤 얼굴로 예배당의 작은 연단 주변에 아들의 사진을 놓고 있었다. 사진 중에는 배내옷을 입은 아기 때 모습도 있었고, 미국 사내아이들의 전형적인 사진이나, 어린 시절에 누구나 즐겨하는 티볼(야구를 변형시킨 스포츠이며 티Tee 위에 올려진 공을 치고 1, 2, 3루를 돌아 홈으로 들어오는 구기 종목 – 옮긴이)을 하고 있는 사진도 있었다. 그 다음은 고등학교 무도회 사진이 놓여 있었고, 마지막으로 졸업 사진이 있었다. 하지만 그게 전부였다. 채드가 부모님에게서 독립했을 때인 고등학교 졸업 이후의 사진은 찾아볼 수 없었다.

나는 관 주변을 꽃으로 장식하면서 미소를 짓고 있는 채드의 어머니를 보았고, 괜찮은지를 물었다. 장례식에서 누구나 으레 묻는 틀에 박힌 인사 중 하나였다. 나 역시 장례식이 있을 때면 곧잘 그렇게 묻곤 했다. 하지만 의미 없는 질문이라고 생각한다. 누군가 "여긴 장례식이잖아요. 어떨 것 같아요?"라고 물어도 전혀 놀랍지 않을 것 같다. 하지만 채드의 어머니가 건넨 대답은 매우 놀라웠다.

"근 10년 동안 맘 편히 잠을 이룬 적이 없었어요. 죽음보다 더한 것도 있죠. 마약에 중독된 아이가 어떻게 지낼지, 어디에 있을지 걱정하면서 매일 밤을 지새웠어요. 이제 우리 아이가 편히 쉬게 되었고, 나 역시 마음을 놓게 되었어요."

곧 모든 장례 준비가 끝났다. 조문객들이 채드를 보고, 가족에게 위로를 전하기 위해서 예배당의 연단으로 모여들기 시작했다. 젊은 사람이 갑자기 떠나면 조문객이 많은 게 일반적이지만 마약으로 사망했을 때는 이야기가 다르다. 마약 중독자들은 사회적으로 고립된 생활을 하기 때문에 조문이나 장례식 규모가 줄어들어서 보기 딱할 정도일 때도 있다. 하지만 채드의 장례식은 달랐다. 마약은 채드의 목숨을 앗아갔지만, 그의 삶까지 빼앗지는 못했다. 원래 약속했던 오후 2시가 지난 후에도 채드의 마지막 모습을 보러 온 조문객의 행렬은 끊이지 않았다.

2시 반이 되었을 때, 우리는 채드의 관 뚜껑을 닫기 위해 마지막으로 가족들을 불러 모으기 시작했다. 그런데 그의 친구 중 하나가 종종걸음으로 다가왔다. "마지막으로 채드를 꼭 보고 싶다는 친구가 있는데 거의 다 왔다니 조금만 기다려주세요." 그는 부탁했고, 가족은 기다리겠다고 했다. 하지만 곧 온다던 친구는 10분이 지나고, 20분이 지나도록 도착할 기미를 보이지 않고 있었다. 나는 매몰차게 "벌써 20분이나 지났어요. 이제 그만 마무리하죠"라는 식으로 가족들을 재촉하지 않는다. 하지만 장의사에게는 세심한 배려만큼이나 단호함도 요구된다. 나는 넌지시 "친구분이 어디쯤 오셨는지 전화해주실 수 있을까요?"라고 물었다.

바로 그때, 채드의 친구가 예배당 문으로 들어섰다. 덕분에 나는 다음 장례식 시간에 쫓겨 안달하는 모습을 보이지 않아도 되었다. 그런데 마지막으로 찾아온 그 친구는 제대로 채드를 조문하지 못했다. 다른 친구들이 그를 관을 향해 밀다 못해 끌어당겼고, 그는 채드의 마지막 모습을 보고 싶지 않다는 뜻을 전달하기에 충분할 정도로 친구들의 힘에 저항했다. 하지만 아주 완강하지는 못해서 점점 채드에게 가까워졌다.

그는 관을 향해 있었지만, 절대 보지 않겠다는 듯이 입을 앙다물고 주먹을 쥔 채 시선을 외면했다. 채드의 친구는 싸우고 있었다. 상실감과 공포에 저항하고 있었다. 어쩌면 부끄러움과 싸우고 있는지도 모를 일이었다. 그는 관 바로 앞까지 계속 싸웠지만 결국 채드를 바라보았고, 그 즉시 모든 전의를 상실했다. 불끈 쥐고 있던 주먹을 펴서 죽은 친구의 가슴을 쓰다듬기 시작했다. 계속 외면했던 눈은 고인이 된 친구의 얼굴에 고정되었다. 몸을 와들와들 떨기 시작했고, 굳게 다물었던 입을 벌려 가쁜 숨을 들이켰다. 다음 순간 그가 울기 시작했다. 눈물은 마치 고해성사와 같다. 친구의 몸이 채드의 몸 위로 수그러졌고, 지금까지의 저항은 현실에 대한 인식으로 바뀌었다.

장례식장에서 눈물은 전염된다. 채드의 관은 예배당의 연단을 거의 감싸다시피 놓여 있었다. 덕분에 장례식에 참석한 모든 조문객들이 친구의 행동을 볼 수 있었다. 채드의 친구가 참지 못하고 눈물을 터뜨리자 조문객들은 하나같이 눈물을 훔치고, 화장지를 손에 쥐었고, 옆에 앉아 있는 사람을 끌어안았다. 신성했던 장례식장의 분위기는 눈물과 함께 평안한 애도로 바뀌었다.

나는 인간의 마음속에 부끄러움이나 공포로 생채기를 낼 수 없는 숨겨진 부분이 있다고 믿는다. 여전히 순수하며, 상처가 만들어낸 굳은살이 박이지 않은 영역이다. 아무리 엉망이고 괴팍해지더라도 원래 자신의 모습이 그대로 남아 있고, 사랑받을 수 있다고 믿는 마음이다. 적어도 여기에 대해서만큼은 완벽하면서도 온전하게 보이기 위해서 노력할 필요가 없다. 거짓된 얼굴을 하고, 자신의 결점을 가릴 필요도 없다. 죽음은 이런 순수한 마음을 밖으로 노출시킨다. 사신은 냉혹

하고 변덕스러운, 앙상한 뼈로 된 괴물처럼 생각된다. 하지만 죽음은 마치 능숙한 시계공처럼 인간의 마음속 순수함을 돌이키기도 한다. 그래서 자신이 나약하고 힘이 없어도 부끄럽지 않은 에덴동산과 같은 상태가 된다. 채드의 장례식이 사람들에겐 에덴동산과 같았다. 누구 하나 휴대전화를 힐끔 거리지도 않았고, 장례식에 참석하느라 못했던 일을 생각하거나, 장례식이 끝나고 해야 할 일을 생각하며 딴청을 피우지도 않았다. 그곳에 참석한 모두가 편견을 버리고 진심으로 애도하는 아름다운 순간이었다. 오히려 힘든 순간에 모두가 한 마음이 되기도 한다.

조문객들이 다시 자리에 앉은 후, 목사님이 연단에 올랐다. 그런데 그는 방금 전에 있었던 일에 전혀 개의치 않는 것처럼 보였다. 아마도 나처럼 채드의 장례식 뒤로 잡혀 있는 다음 일정을 걱정하고 있었을지도 모른다. 그래서 '설교를 짧게 줄여야 할까? 그러면 어떤 부분을 줄여야 하지?'라는 생각이 그의 머릿속을 스치고 있었는지도 모르겠다.

생활과 직업이 나처럼 유동적이고, 시간이 정해지지 않은 일정에 따라 움직여야 하며, 늘 애달픈 드라마 같은 그가 안쓰러웠다. 이들은 죽음을 다루는 일의 가장 선봉에 선다.

언젠가 자살 현장을 치우고 있는 목사님을 본 적이 있다. 그는 욕실 천장에 달라붙어버린 두개골 조각을 모으고 있었다. 죽어가는 환자의 곁을 밤늦게까지 지키는 목사님도 있었고, 떠나는 이에게 마지막 인사를 하는 가족을 안아주는 목사님도 있었다. 그런 그들을 존경하지만, 장례식의 설교 내용에 공감한 적은 거의 없다. 죽음에 대한 부정적인 기운은 대부분 장례식의 설교 때문이라고 생각한다. 나는 죽음에 대한 부정적인 시각을 결정짓는 말들이 버거웠다.

　"오늘 우리가 왜 이 자리에 모였는지 모두 잘 아실 겁니다. 『성경』에서 말하듯 죄악의 대가는 죽음입니다." 목사는 그곳에 모인 사람들의 생각을 알고 있다는 듯이 단언했고, 단 몇 마디 말로 에덴동산 같던 분위기에 찬물을 끼얹었다. "우리는 모두 죄인이고, 주님의 영광에는 부족할 뿐입니다. 결국 우리는 모두 죽습니다. 그게 아담의 죄에 대한 벌이기 때문입니다. 하지만 채드의 죄는 직접적인 죽음으로 이어졌습니다." 나는 주변을 둘러보았다. 채드의 친구들이 고개를 숙이는 모습이 눈에 들어왔다. 고인의 삶은 장례식 조문객의 삶을 유추하게 한다. 채드가 마약 중독으로 사망했기 때문에 친구들의 생활도 비슷할 거라고 짐작한 것 같았다.

나는 오래전부터 '죽음은 형벌이다'라는 말을 이해하지 못했다. 이런 생각은 에덴동산의 이야기에서 시작된다. 그곳에서 죽음은 아담과 이브가 저지른 죄로 인한 내재적인 형벌이다. 바울은 "죄악의 대가는 죽음이다"라는 말을 사용했었다. 이때 죽음은 자연스러운 현상이나 다음 세대에게 여지를 마련해주기 위한 자연적인 방법이 아니다. 죄로 인해서 부과되는 결과다. 이 이야기 속에서는 죽음이라는 필연적인 결과가 죄악과 너무나 쉽게 혼동된다. 그래서 죽음은 두렵고, 싸워야 하며, 감춰야 하는 대상이다. 결국 사람들은 죽음을 부끄러워하게 되었고, 신의 은총을 받아 죽음을 초월한 존재가 되지 않으면 부족한 존재로 남게 된다는 끔찍한 생각을 갖게 되었다.

나는 죽음에 관한 부정적인 인식을 거부하려면 죽음을 부끄러워하지 않고, '언제나 부족한 존재'라는 이야기를 거부해야 한다는 사실을 깨닫기 시작했다. 나는 나 자신을 원죄를 가진 존재가 아니라 자연스럽게 죽어야 하는 존재로 받아들이는 법을 배웠다. 당연히 죽음과 불안함, 배고픔, 피곤, 신체적인 쇠퇴, 성적인 욕구를 비롯한 인간의 당연한 욕구, 나이가 들어가면서 느끼는 공포를 받아들이는 법도 배웠다. 이들은 살면서 겪는 자연스러운 과정이며, 즐거울 때도 있고 혐오스러울 때도 있지만 그렇다고 해서 부끄러워해야 할 일은 아니다. 죽음은 자연스러운 과정이며, 원죄 때문이 아니다.

죽음을 부끄러워하지 않게 되면서 나의 취약함도 인정하게 되었다. 살다보면 약해질 때도 있고, 실패할 때도 있다. 앞에서 말했듯이 나는 장의사 일 때문에 몸과 마음이 모두 쇠약해져서 구급차에 실려 간 적이 있었다. 내가 죽을 수밖에 없는 유한한 존재이기 때문에 이기적이고, 두려움을 느낀다. 한없이 부족하다고 느낄 때도 있었다. 하지만 이런 내 한계를 부끄러워하지 않게 되면서 남들에게 손을 내밀 수 있었다.

죽음을 수치스럽게 여기지 않고 긍정적으로 받아들인 덕분에 타인의 도움을 기꺼이 인정하게 되었다. 내가 계속 성장하고 있고, 남들에게서 배울 수도 있다는 사실도 인정하게 되었다. 내가 약한 존재라는 사실을 인정하는 것은 부끄러움에 굴복하는 게 아니다. 한없이 부족하면서 무엇이든 할 수 있다는 듯이 가식적으로 행동하는 것도 아니다. 나의 취약함을 인정한다는 것은 혼자 뭐든 할 수 있다는 듯 행동하는 것 또한 아니다. 그럴 수 없기 때문이다. 지금 나의 위치를 솔직하게 인정하고, 나를 이끌어줄 사람의 손을 잡고, 나의 문제점을 부끄러워하지 않으면서 남들에게 인정하는 것이다.

채드는 중독자였다. 하지만 채드와 그의 친구에게 마약 중독이 얼마나 잘못인지에 대해 설교할 필요는 없었다. 오히려 사람은 누구나 언젠가는 죽을 운명이며 부끄러워할 일이 아니라고 알려주어야 했다. 우리가 가진 문제점을 깨부수는 첫 번째 단계는 도움이 필요하고, 사랑이 필요하며, 서로에게 서로가 필요하고, 치유가 필요하다. 그리고 욕구를 충족하기 위한 더 건강한 방법을 찾아야 한다는 사실을 인정하는 것이다.

마약을 이용하기 시작한 이유가 고통을 줄이기 위해서였든, 어려운 삶에서 탈출하고 싶었든, 소속감이나 쾌락을 원했든, 이미 중독이 되었기 때문이었든, 무엇이 이유였든지, 결국 그 가장 근본적이 이유는 사람이기 때문이다.

나는 예배당 연단의 뒤쪽에 서서 마지막까지 기다렸다. 채드의 가슴에 얼굴을 묻고 눈물을 흘리던 친구에게서 눈을 떼지 못했다. 그 친구는 분명히 동요하고 있었다. 어느덧 목사님은 온몸으로 강해져야 한다고 말하고 있었다. 그의 가슴은 약간 부풀어 올랐고, 목소리는 엄격하면서도 낮았다. 그의 말은 채드의 친구들을 향하고 있지 않았다. 그저 설교일 뿐이었고, 자신이 권위를 가진 목사라는 사실을 각인시키는 이론적인 장황함과 표현이 스며들어 있었다. 목사는 "하지만 신께서는 현명한 계획을 가지고 계셔서, 오늘 우리를 이 자리로 명하셨습니다. 우리는 주님께 어떤 계획이 있는지 모릅니다. 하지만 주님은 늘 강하고, 절대 변치 않으십니다."

채드의 친구들은 판결과 같은 마지막 말에 부끄러워하면서 고개를 숙였다. 개중에는 설교를 하는 목사와 마찬가지로 공작처럼 뻣뻣하게 고개를 들고 있는 무리들도 있었다. 그들은 신이 얼마나 완벽하고 인간은 얼마나 죄가 많은 존재인지에 관한 설교를 들으면서, 마치 자신들은 죽음을 초월했다는 듯이 행동하고 있었다. 목사님의 말을 빌리자면, 신이 가지고 있는 '강함과 불변함'을 가지기라도 한 것처럼 보였다. 바늘로 찔러도 피 한 방울 나오지 않을 것 같은 모습이었다. 나는 그들의 마음을 전혀 읽을 수 없었다.

하지만 목사님이 말을 마칠 때마다 수긍하는 의미로 고개를 주억거리며 '아멘'이라고 속삭이는 그들의 모습은 이 세상을 초월한 존재 같았고, 생각과 윤리의 힘을 넘어섰으며, 심지어 신마저도 넘어선 것처럼 비쳐졌다. 그래서 더 이상 약하지도 않고, 의존적이지도 않으며, 약한 면이라고는 조금도 없는 영생의 존재들 같았다.

자신이 얼마나 신실한 신도인지를 강조하는 사람들은 문

제가 더 심각하다고 생각한다. 문제의 원인은 신을 궁극적인 영생으로 생각하기 때문이다. 이때 주님께서는 어떤 욕구도 없으며, 불멸이며, 다른 누구에게도 의존하지 않으며, 그 무엇으로도 상처를 줄 수 없고, 접할 수도 없는 존재라고 생각된다. 한 마디로 주님께서는 약한 면은 조금도 없는 난공불락이라고 여겨진다. 채드의 장례식에서 공작새처럼 뻣뻣하게 고개를 들고 있던 조문객들이나 엄한 설교를 했던 목사님이 그랬듯이, 이들 부류는 자신이 믿는 신을 흉내 내려고한다.

모든 종교가 신은 변하지 않고, 감정에도 동요하지 않는다고 믿을 때가 많다. 장례식에서 특히 많이 하는 이야기이다. 아마도 변화와 인간의 감정이 유약함의 상징이라는 판단 때문인 것 같다. 그런데 '신의 자식'이라고 자처하는 사람들 다수가 절대 동요하지 않고 감정을 억누르는 게 과연 놀라운 일일까? 슬픔이나 죽음에 대해서 금욕적이기에 감정을 보이지 않으려고 노력하는 건 당연하지 않을까? 대다수 사람들이(인정하기 싫지만 나도 여기에서 벗어날 수 없다) 고통이나 기쁨, 슬픔을 외면하려고 한다. 우리가 믿고 따르려는 대상인 신께서 어떤 감정도 가지고 있지 않다고 생각하기 때문이다.

죽음을 부끄럽게 생각하는 이유가 신을 완벽한 존재로 인식하는 시각 때문이라면, 반대로 주님께서 완벽하지 않다고 가정하면 어떨까? 사실 주님도 사람과 마찬가지로 본디 약한 존재라면 어떨까? 죽음을 대할 때나 장례식장에서 고인을 보낼 때 이런 관점으로 주님을 바라본다면? 만약 그랬다면, 채드의 친구들은 부끄러움에 고개를 숙이지 않았을지도 모른다. 어쩌면 종교에 소속감을 느꼈을지도 모르겠다. 신께서 우리와 함께 아파하면서, 약한 모습으로 함께 서 있을 것이라고, 아니 어쩌면 함께 무릎을 꿇고 있을지도 모른다고 설교했다면, 이들이 신앙심을 갖게 되었을지도 모른다.

만약 주님께서 정말 우리를 사랑하고, 우리를 바라보며, 우리와 함께 느낀다면, 그는 분명 본질적으로 유약하고, 의존적인 존재일 것이다. 그래서 인간처럼 고통을 느끼고, 슬픔과 기쁨도 알고 있을 것이다. 슬퍼해도 괜찮다. 눈물을 흘려도 된다. 약해질 때는, 약한 모습을 보여도 좋다. 우리는 신이 되려는 게 아니라, 주님을 믿는 '인간'이기 때문이다.

채드의 장례식에 늦게 도착한 친구의 사정에 대해서는 결국 듣지 못했다. 그 친구가 왜 그렇게 채드를 보기 버거워했는지 모르겠다. '아마도 채드의 가장 친했던 친구였나보다'고 짐작만 할 뿐이다. 어쩌면 채드가 마약을 과다 복용했을 때 그 자리에 함께 있었을지도 모르겠다. 그 작은 호텔방을 함께 쓰는 룸메이트였을지도 모른다.

하지만 한 가지는 분명하다. 채드의 장례식에서 그가 비통해하면서 눈물을 흘렸을 때의 진심 덕분에 잠깐 동안 예배당은 에덴동산이 되었다.

11
사라가 남긴 조각

사람은 땅 위에 자신의 일부를
조금씩 흘리면서 걷는다.

새벽 6시였다.

할아버지와 내가 고인의 집에 도착했을 때, 고인의 삼촌이 집 밖에서 담배를 피우며 우리를 기다리고 있었다. 삼촌은 우리를 집 안으로 안내해주었다.

"조카 사라가 죽었어요. 사라의 장례를 치러야 해요."

삼촌은 반쯤 피운 담배를 가슴 한가득 빨아들였다가 바삭한 새벽 공기 속으로 길게 내뱉었다. 사라는 이제 여덟 살이고, 지난 4년 동안 암을 앓았다고 했다.

"아이는 엄마와 거실에 있어요. 이쪽으로 오세요." 삼촌은 말했다.

집으로 들어가 거실에 들어서자, 그곳에는 스무 명 남짓

되는 가족과 친구들이 여기저기에 흩어져 있었다. 몇몇은 앉아 있었고, 누군가는 서 있었다. 바닥에 누워 있는 사람도 있었다. 개중에는 혈연으로 연결되지 않은 사람들도 있었다. 이들의 공통점은 몸속에 자라난 암과, 암으로 인한 고통이었다. 투병 생활은 교회나 운동, 클럽 활동이 아니라 어려움, 고통, 아동병원에서의 우연한 만남으로 엮어진 혼잡스러운 공동체를 만들어낸다.

우리 할아버지는 거실을 돌아다니면서 원하는 사람은 누구든지 꼬옥 안아주었다. 나는 방안을 돌면서 장례 준비를 위해 이것저것을 물었다. 또 사람이 꽉 들어찬 거실 안으로 들것을 가지고 와서 사라를 태워 차로 이동시킬 수 있는 방법을 생각하고 있었다. 그 와중에 놀랄 만한 사실이 한 가지 있었다. 내가 그때까지 사라를 단 한 번도 본 적이 없다는 사실이었다.

사라 같은 불치병 환자를 가족이 돌보는 집은 간혹 거실에 병상을 꾸려놓는 경우가 있다. 마지막으로 환자를 만나기 위해 찾아오는 손님들을 더 편안하게 맞이하기 위해서다. 이는 환자들이 품위를 지키며 죽음을 받아들이는 데에도 도움이 되지만, 장의사에게는 특히 도움이 된다. 1층에서 고인을 밖으로 이동시키는 게 훨씬 편리하기 때문이다. 언젠가 잭 맥

클로어라는 사람이 6층에서 사망했고, 마침 그때 건물 엘리베이터마저 고장나서 고생한 적이 있었다.

사라의 침대는 거실에 놓여 있었지만, 아이는 그곳에 없었다.

어떤 가족은 장의사들이 집에 와서 고인을 모시고, 해야 할 일만 하기를 바란다. 그러나 사라의 가족은 우리에게 사라가 어떤 아이였고, 가족들에게 어떤 의미였는지를 알려주려고 했다. 너무 이른 새벽이어서 길게 이야기할 수는 없었지만, 우리가 사라를 사랑해주길 바랐다. 마치 가족처럼 느껴주기를 원하고 있었다.

사라가 병원에서 같은 암 환자들에게 용기를 북돋워주고, 함께 카드놀이를 하고, 무척이나 좋아했던 허쉬 키세스 초콜릿을 나눠줬다는 이야기를 들려주었다. 아이가 집에서 죽고 싶어 했고, 자신이 떠난 후 가족들이 너무 힘들어하지는 않을지 걱정했다는 이야기도 들려주었다. 가족들의 설명에서는 애정이 넘쳤다. 사라에 대한 이야기에서 묻어나는 사랑 덕분에 완전히 낯선 이방인들이었던 우리가 생전에 사라를 알고 지냈던 것처럼 생생하게 느껴졌다.

이런저런 이야기를 듣고 충분히 이해한 후, 우리는 이제 사라를 옮겨도 될지 물었다. 가족과 친구들은 이미 모두 작별 인사를 했다면서 괜찮다고 대답했다.

드디어 내가 사라에 대해 물었다.

"그런데 사라는 어디에 있나요?"

"여기에요." 어머니 조안이 대답했다. 그제야 우리는 사라를 보았다. 조안은 다섯 살쯤 되어 보이는 털모자를 쓴 작은 여자아이를 줄곧 안고 있었다. 우리는 사라의 어린 동생이 조안의 품에 안겨 잠을 자고 있는 줄만 알았다. 털모자를 쓰고 있었기 때문에 항암 치료로 빠진 머리카락도 확인할 수 없었다. 사라는 어머니의 품 안에서 숨이 끊어졌고, 어머니가 줄곧 그런 사라를 안고 있었던 것이다. 그 작은 몸이 사람들과 함께 커다란 존재감으로 거실을 채우고 있었다.

할아버지는 사라가 그저 잠이 든 것인 양 무릎을 꿇은 다음 팔로 아이의 머리와 허벅지를 받치고 조안의 품에서 아이를 받았다. 그렇게 아이를 가뿐히 들어서 들것 위에 올려놓았다.

공감과 감정의 이입에는 분명한 차이가 있다. 죽음과 관련된 직업에서는 이 차이가 매우 중요하다. 데이비스 박사(Dr. Nicola Davies: 동물학자이자 작가로 영국 BBC 아동프로그램으로 유명세를 얻었고, 현재는 동화 작가로 활약하고 있다-옮긴이)는 자신의 홈페이지에서 "깊고 어두운 구렁텅이의 바닥에 있다고 상상해보자. 구멍의 맨 꼭대기를 올려다보면 친구와 가족들 중에 누군가가 당신을 바라보면서 응원과 격려의 말을 보내는 모습이 보일 것이다. 이것이 바로 공감이다. 당신이 스스로 구덩이에서 올라오길 바라는 마음이다. 이들은 당신을 지지하지만, 당신과 함께 서 있는 사람만큼 애절하지는 않다. 절망의 구렁텅이에서 함께 있으며 당신의 시각과 감정으로 세상을 바라보는 것과는 전혀 다르기 때문이다"라고 설명했다.

장의사로서 해줄 수 있는 게 공감밖에 없을 때가 있다. 그 사람의 상황을 감히 이해한다고 할 수 없기 때문이다. 관에 누워 있는 사람이 내 아버지가 아니고, 내 딸이 아니고, 내 가족이 아니기 때문이다.

게다가 이건 내 직업이다. 나는 돈을 받고 장의사 노릇을 한다. 돈을 받고 불안정한 사람들 사이에서 평온함을 유지한다. 나 역시 어쩌지 못할 만큼 마음이 부서지고 타버리기 전까지는(실제 정말 마음이 완전히 부서지고 타버리는 사람도 있다) 어느 정도의 객관성을 유지하는 법을 배웠다. 내가 일하는 곳에서는 사람이 감당하기에 너무나 큰 고통과 슬픔이 있고, 애절함이 있기 때문이다.

하지만 제아무리 단련이 되었다 해도 어쩔 수 없이 마음이 쓰이는 사연이 있다. 나 역시 장의사이기 전에 실제 삶과 죽음의 드라마를 살고 있는 인간이기 때문이다. 건조한 그날 새벽에 와일드 할아버지와 나는 거실의 모든 다른 사람과 마찬가지로 사라의 삶에 이끌렸다. 우리 두 사람은 사라를 차에 태우고 돌아오면서 줄곧 침묵을 지켰다. 피곤한 상태에서 커피도 마시지 못했기 때문이기도 했지만, 방금 전 사라의 집에서 보았던 일들 때문이었다.

집에 도착했을 때 사라의 가족들이 그 작은 몸을 염하기를 바란다는 것을 알게 되었다. 나는 아이들의 시신을 염하는 일이 싫다! 정말 싫다! 아마 모든 장의사들이 나와 마찬가지일 것이라고 생각한다. 우리 부부가 불임이어서 죽은 아이를 보면 더 과도하게 반응하는지도 모르겠다.

다행히 나는 다른 할 일이 있었다. 나는 약간의 이기심과 안도감이 섞인 마음으로 암과 항암 치료에 고통 받던 작은 몸의 방부 처리를 할아버지에게 맡겼다. 할아버지도 나처럼 사라와 그 가족의 고통을 느끼고 있었다. 할아버지는 소통에 능한 분이셨다. 누군가와 포옹을 할 때마다 상대에게 마음을 활짝 여셨다. 할아버지의 이런 마음은 지난 60년 동안의 단련된 완벽한 기술로 시신의 염할 때 빛을 발한다.

사실 염은 단순히 체액을 바꾸는 작업이다. 즉 고인의 몸에서 피를 완전히 뺀 다음에 방부 처리가 된 용액으로 다시 채우는 것이다. 손가락을 자신의 목 오른쪽에 가만히 가져다 대보자. 심장 박동에 맞추어 경동맥이 뛰는 것을 느낄 수 있다. 우리는 그 동맥을 열어야 한다. 그래서 목을 절개하고, 경동맥을 찾을 때까지 근육과 조직 사이를 훑는다(하지만 다른 동맥을 사용하는 장의사들도 있다). 경동맥 옆에는 경정맥이 있다. 염을 할 때는 이 두 가지 혈관을 모두 들어 올려서 분리해 묶고, 각 혈관에 작은 구멍을 뚫는다. 이 과정을 군이 비유하자면 큰 볼 속에 스파게티 면을 담고 위에 토마토소스를 뿌려서 끈끈해진 면발 바닥 어딘가에 있는 펜네 스파게티 면하나를 찾아내는 것과 비슷하다.

방부 처리를 위한 염 작업에 사용되는 기계는 매우 실용적이다. 영국 드라마 〈닥터 후(Dr. Who)〉에 나오는 달렉(Dalek) 로봇처럼 생긴 이 기계의 이름은 포티 보이(Porti Boy)인데, 다른 재주라거나 스타일이라고는 눈곱만큼도 없다. 위쪽은 용액을 담는 용기로 되어 있고, 밑쪽엔 버튼이 달려 있다. 버튼을 돌리면 염을 위한 혼합액이 경동맥과 연결되어 있는 고무튜브를 통해서 삽입된다. 포티 보이의 압력이 용액을 혈관으로 밀어 넣으면 경정맥으로 피가 빠져나온다. 도자기로 만든 염을 위한 테이블에 진홍색 피가 흘러내리는 모습은 상당히 인상적이다. 진해졌다가 연해지기를 반복하면서 피가 넘실

대는 모습은 맑은 가을날에 해가 지는 일몰을 저속으로 촬영한 것처럼 보인다.

나는 염 작업이 부담스럽지만, 훌륭하게 마무리된 염 작업은 사랑하는 사람을 잃은 가족들에게 작은 위안을 주기도 한다. 이 일에 우리 와일드 할아버지보다 능한 사람은 찾기 어려웠다.

두 시간이 지났고, 나는 할아버지가 어떻게 일을 하고 계신지 보려고 영안실로 빼꼼 머리를 들이밀었다. 할아버지가 만들어낸 사라의 모습은 새벽 6시에 데려온 소녀와는 완전히 달랐다. 창백하고 파리했던 소녀의 모습은 온데간데없고, 건강한 혈색을 지닌 소녀가 되어 있었다. 심지어 몸집도 건강한 아이에 가깝게 커져 있었다. 암이 가져가버린 몸무게 일부를 방부 처리를 위한 용액으로 채운 덕분이었다.

"신께서 도와주신 덕분이지!" 내가 완성된 작업을 보고 감탄하자 할아버지께서는 그렇게 말씀하셨다. "주님께서는 힘든 일에는 언제나 도움을 주시니까."

하지만 나는 할아버지가 시신의 염할 때 주님이 도움을 주신다고 믿지는 않는다. 하지만 그게 사실이든 아니든, 내가 아는 와일드 할아버지는 죽은 아이의 시신을 염하는 슬픈 작업을 할 때 신께서 함께 하신다는 믿음이 무엇보다 필요한 사람이었다.

죽음은 서로 상충되는 긴장 속에 존재하고, 이 상충되는 긴장감이 사람들을 하나로 묶어준다. 죽음은 피하고 싶지만 아름답다. 무시무시한 동시에 아름다운 염 작업에서 죽음이 가지고 있는 이런 모순이 더할 나위 없이 잘 드러난다. 죽음은 주변 사람들을 하나로 결속시키며, 장례식은 이런 현상이 가장 두드러지는 장소이다.

드디어 사라의 장례식이 있는 날이 되었다. 아이는 새로 산 드레스를 입고, 작고 하얀 관에 눕혀졌다. 양쪽에는 가족들이 가져온 꽃으로 장식되었다. 할아버지께서는 사라의 옷과 메이크업이 완벽하도록 쉼 없이 움직이셨다. 할아버지의 지친 얼굴을 보니 몸도 그렇지만 마음도 한계치라는 걸 알 수 있었다.

와일드 할아버지는 가족들에게 괴상한 선물을 준 셈이었다. 무시무시하면서도 잔인한 작업으로 사라의 부모님에게 실로 오랜만에 건강해 보이는 아이의 모습을 선물해주었다.

죽음을 둘러싸고 우리는 많은 선물을 받는다. 위안이 되는 카드를 받기도 하고, 함께 이야기를 나누기도 한다. 전화를 하고, 음식을 가져다준다. 그저 찾아가는 것만으로도 선물이 된다. 어쩌면 어설픈 선물처럼 느껴지는 것도 있을 것이다. 아주 작은 선물인 것 같고, 또 어떤 선물은 의미가 없는 것으로 생각될지도 모르겠다. 하지만 이 모든 선물이 하나로 합쳐져서 큰 그림을 만든다.

이 작은 조각들이, 그러니까 이 작은 선물들이 죽음을 둘러싸고 하나로 연결되어 만들어내는 흐릿한 모자이크는 고인이 어떤 사람이었고, 누구를 사랑했으며, 어떤 의미였는지를 추억하기 위한 살아 있는 기념물이 된다. 더 정확하게 말하면 기억할 수 있는 모든 것 중에서 가장 소중한 결과물이다.

사람은 땅 위에 자신의 일부를 조금씩 흘리면서 걷는다. 사라처럼 허쉬 초콜릿 뭉치를 흘리고 다니는 경우도 있다. 사라가 타인에게 자신의 조각을 나누어줄 때, 실은 자신의 일부를 남긴 것이다. 사랑을 주면 줄수록, 자신의 주변 사람들에게는 더 많이 남게 되기 때문이다.

장례식을 어떻게 정의하든지 상관없다. 어쨌거나 장례식은 고인이 남겨놓은 부분과 조각이 하나로 합쳐져서 고인이 생전에 사랑했던 사람들 속에서 부활하는 장소다. 그날 사라의 장례식에서 할아버지와 나를 포함한 모든 사람들은 각자 가지고 있는 사라의 모자이크 퍼즐을 하나로 맞추었다. 내가 가진 것처럼 아주 작은 퍼즐 조각도 있었고, 누군가가 가지고 있던 큰 퍼즐 조각도 있었다. 어떤 것은 우울했고, 어떤 것은 눈이 부셨다. 사라가 직접 만든 카드에 관한 퍼즐 조각도 있었고, 사라의 관 안에 넣을 초콜릿에 관한 조각도 있었다. 각 조각은 완전한 그림을 위한 일부분이었다. 그날 장례식에서 모든 조각이 맞춰졌을 때 슬픔의 한가운데에서 기쁨을 발견할 수 있었다. 사라는 살아 있었을 때와 마찬가지로 아름다운 무엇인가를 창조해냈다. 바로 우리들이었다.

조문과 장례식이 끝난 후, 우리는 관을 닫기 위해서 예배당의 모든 사람들을 밖으로 안내했다. 남은 사람은 사라의 부모님, 친가와 외가 조부모님, 그리고 와일드 할아버지와 나뿐이었다. 눈물이 흐르기 시작했다. 우리 할아버지는 늘 그렇듯 가족들의 한가운데에서 양쪽 사람들의 어깨에 팔을 두르고 계셨다. 그날은 사라의 아버지인 짐과 어머니 조안이었다.

가족들은 잠깐 동안 조용히 눈물을 흘렸다. 이윽고 조안이 우리 할아버지를 안고 어깨에 머리를 기대며 흐느꼈다. 그녀가 목이 메어 말했다.

"고마워요, 고마워요, 정말 고마워요." 조안의 말은 사라를 아름답게 만들어준 와일드 할아버지의 노력을 콕 집어서 말한 것이었다. 관 속에서 누운 사라가 살아 있는 것처럼 보이는 만큼, 사라의 삶과 사라가 준 모든 것이 생생하게 살아났다.

우리 한 사람 한 사람은 사라가 만든 모자이크 조각이었다. 사라는 이제 없지만, 그 가족과 친구, 심지어 장의사인 할아버지와 나까지 다시 한 번 사라에게 생명을 불어넣을 수 있었다.

12
사랑이 있는 곳이라면
어디든

역설적인 말이지만,
사람은 지옥에 가까워질 때
천국을 발견하곤 한다.

내가 장례식장 바깥에 있는 주차장에서 장례식 조문객들의 차량을 정리하느라 여념이 없을 때, 노란색의 긴 줄무늬가 그려진 거대한 트럭 한 대가 옆에 멈춰 섰다. 우리 장례식장의 주차장은 구조가 특이해서 전에 방문해 본 적이 없는 사람은 어디에 차를 세워야 할지 감을 잡지 못했다. 알려주지도 않았는데 정해진 선에 주차하는 트럭을 보고 단박에 누구인지 알아본 건 아니었다. 하지만 얼굴을 몰라볼 리는 없었다. 나는 한 번이라도 우리 장례식장을 찾았던 사람은 모두 기억하고 있었다.

트럭에서 내린 사람은 도니 스미스 아저씨였다. 차에서 내린 아저씨는 20분 남짓 내게 안부를 묻고, 잡담을 했다. 그러던 중 아버지인 도니 스미스 시니어가 건강이 좋지 않아 곧 우리를 찾게 될 것 같다고 알려주었다.

　내가 오로지 장례식 때문에 알게 된 지인들이 있는데, 도니 아저씨도 그중 하나였다. 몇 년 전 우리 집은 도니 아저씨 딸의 장례를 치렀다. 게다가 도니 아저씨는 체스터 카운티에 사는 주민을 절반도 넘게 알고 있을 만큼 발이 넓어서 우리 못지않게 장례식 참석이 잦았다. 그날은 친구 장례식에 왔다고 했다. 우리는 아저씨에게 앞문을 맡아달라고 했다. 문에 들어서는 조문객들을 진심 어린 미소와 따뜻한 존재감으로 맞는데 아저씨보다 더 적격인 사람은 없었다.

　다음 날 우리 집은 장례식을 네 건 넘게 치러야 했다. 가족이 함께 운영하는 작은 장의 업체인 우리가 하루 동안 감당할 수 있는 최대 규모였다. 한창 바쁜 달이었고, 특히나 긴 하루였다. 그때 나는 아직 학생이어서 다음 날 학교에 제출할 에세이 숙제를 하고 있었다. 바쁜 일정에 쫓기는 와중에 졸업 숙제인 에세이까지 써야 했던 나는 너무 지쳐서 감정을 느끼기도 어려울 지경이었다.

　그날 밤 10시에 집에 들어왔을 때, 늦은 귀가도 모자라다는 듯이 전화벨이 울렸다. '또 부고 전화인가? 설사 그렇다고 하더라도 오늘은 한계야.' 나는 그렇게 생각했다.

"칼렙, 부고 소식이다. 네가 가봐야겠다." 할아버지가 말씀하셨다.

"다른 사람이 가면 안 돼요? 숙제할 시간이 모자라요."

"너 말고는 갈 사람이 없어."

나는 우거지상을 했다. 가서 시신을 운반해오면 숙제를 할 시간이 거의 없었다. 에세이는 아직도 완성되지 않은 상태였다. 숙제를 쓰다 만 상태로 제출할 생각에 눈앞이 캄캄해졌다.

"누가 돌아가셨죠?" 내가 물었다.

"도니 스미스야." 할아버지가 대답했다.

"어제 그 집 아저씨와 얘기했어요. 할아버지가 많이 편찮으시다고 하더라고요. 그래도 이렇게 빨리 돌아가실 줄 몰랐어요."

"도니 시니어가 아니다. 도니 주니어야." 할아버지가 대답했다.

나는 너무 충격을 받았고 화도 났다. 피곤했지만 재빨리 일하기 시작했다. 나는 친구에게 전화를 걸어 시신을 운반하는 걸 도와달라고 했고, 우리는 함께 출발한 지 20분 만에 도니 아저씨의 집에 도착했다. 아저씨 집은 이미 가족과 친구들의 자동차로 둘러싸여 있었다. 도니 아저씨는 평상시와 똑같이 일어나서 아침을 먹더니, 피곤하다면서 누웠다가 다시는 깨어나지 못했다고 했다. 원래 심장병이 있었기 때문에 주치의가 아저씨 시신을 부검의에게 인도할 예정이었다. 부검의가 가슴을 열고 심장을 확인하기 위해서였다.

도니 아저씨처럼 예상치 못하게 갑자기 돌아가시면, 지금까지와는 완전히 다른 세계가 되어버린다. 가족과 친구들은 모두 저마다의 일상을 살고 있었지만, 고인의 죽음 앞에서는 일상을 완전히 망각한다. 고인의 침대에 앉아서 저녁 식사 메뉴를 고민하거나 내일 직장에서 「보고서」를 어떻게 발표할지를 생각하는 사람은 없다.

시간은 슬로비디오처럼 천천히 흐르고, 가족들은 너무나 큰 슬픔에 잠긴다. 이제는 자신의 남편, 아내, 아들, 딸, 할아버지, 친구를 끌어안고, 함께 웃고, 함께 살아가지 못한다는 현실을 쉽게 받아들이지 못한다. 도니 아저씨의 가족들은 아저씨의 죽음을 꿈에도 생각하지 못했다. 작별 인사를 할 시간도 없었고, 회포를 풀 기회도 없었다. 심지어 아저씨는 돌아가시기 바로 전날 내게 도니 시니어 할아버지의 장례 절차에 대해 얘기했다. 도니 아저씨도 자신의 죽음을 전혀 예측하지 못했던 것이다. 사랑하는 사람을 작별 인사도 없이 보내는 것보다 더 끔찍한 일이 있을까?

죽음은 특별한 문화를 만든다. 그곳에서는 말이 필요 없다. 대신 눈물과 포옹, 추억이 그 자리를 채운다. 옷도 평상시와 달라지고, 사회적인 규칙이나 통념도 사라진다. 그곳은 신께 한발 더 가까워진 경건한 장소다. 가족이나 친구와 한 마음이 되고, 감정의 경계가 허물어진다. 의도했던 바는 아니지만 늘 바랐던 천국에 들어간 것과 같은 마음이 된다.

우리가 집안에 들어갔을 때, 도니 아저씨 가족은 서로 끌어안고 울고 있었다. 아저씨의 가족은 내가 그때까지 봤던 그 어떤 가족들보다 더 슬퍼하고 있었다. 아저씨의 집에 들어간 나는 마치 그곳을 식민지로 만들려고 들이닥친 침략자 같았다. 아저씨의 죽음을 사회적인 통념에 맞추려는 사람이기 때문이었다. 심지어 나는 침략자와 같은 생각을 가지고 있었다. 얼른 일을 마치고 집에 돌아가 숙제를 해야 한다는 생각뿐이었다. 몸도 피곤했다. 도니 아저씨의 가족들은 시간을 망각할 정도로 슬퍼하고 있었지만, 나는 빡빡한 스케줄을 소화해야 했다.

하지만 그런 내게도 그곳 상황은 버거웠다. 아저씨의 딸은 아예 침대에 함께 누워서 아빠를 보낼 수 없다고 거부하고 있었다. 그 모습은 감정과 눈물의 연쇄 작용을 일으켰다. 뒤늦게 영구차를 쫓아오면서 "절대 못 보내!"라고 외치는 가족을 본 적은 있었지만, 침대에 시신과 함께 누워서 보내지 않겠다고 거부하는 건 처음이었다. 나를 도와주기 위해서 함께 갔던 친구 역시 난생처음 보는 광경이었다. 친구는 한적한 도로를 건너다가 갑자기 자신을 비춘 자동차 헤드라이트에 놀라 우뚝 서버린 사슴처럼 방 한구석에서 완전히 얼어붙어 있었다.

딸의 남자친구는 너무 울어서 가족의 부축을 받아야 했다. 그는 숨을 헐떡거리면서 오열하고 있었다. 자칫하면 과호흡으로 큰일이 나지 않을까 걱정이 되었다.

가끔 일에 치여서 감정을 무뎌진다. 그럴 때면 고인의 가족들이 감정을 추스르기를 바라는 마음이 생긴다. 도니 아저씨의 시신을 운반하러 갔을 때가 그랬다. 이미 장례식을 네 건이나 치렀고, 몇 시간 내에 해야 할 숙제도 있었던 나는 아저씨 가족과 함께 슬퍼할 마음의 여유가 없었다. 타인의 슬픔에 공감하는 것은 마음의 피로감을 느낀다. 같은 부분이 계속 마찰되면 굳은살이 박이듯, 공감 능력도 시간이 흐르면서 무뎌진다. 하지만 그렇게 만들어진 감정의 굳은살 속에는 겨우 아문 상처가 고스란히 남아 있다. 그래서 유사한 상황을 겪으면 다시 상처가 벌어질까봐 두려워지고, 방어적이 된다.

눈물을 주체하지 못하는 아저씨의 가족과 친구들을 보면서 내 머릿속에서 피로감이 스멀스멀 퍼져나갔다.

'도니 아저씨가 이런 걸 바라지는 않을 텐데요. 아무리 사랑하는 가족이라도 이건 너무 하잖아요. 너무 감정적인 건 좋지 않아요. 죽음 때문에 너무 타격을 받는 것도 좋지 않아요. 죽는 게 그렇게 힘든 건 아니에요. 누구나 겪는 일이잖아요. 조금은 냉철해지세요. 그러면 좀 진정이 될 거예요.'

하지만 곧 내가 얼마나 무심한지를 깨달았다. 나는 마음속 외침을 무시하고 가족들을 바라보면서 그들에게 최선을 다해 귀를 기울였다. 달라진 시선으로 가족들을 바라보자 눈물과 흐느낌뿐만 아니라 아름다운 광경이 눈에 들어왔다. 상황을 너무 긍정적으로 보려다가 현실을 간과할 때도 있다.

하지만 슬픔을 가슴에 묻고 계속 삶을 이어나가려면 긍정적이어야 한다. 새롭게 그들을 바라보자, 눈물뿐만 아니라 서로 위로하면서 포용하는 모습도 보였다. 격한 감정 외에도 너무나 깊은 사랑으로 인한 진한 슬픔도 보였다. 결국 나는 그들의 일부가 되었다. 아저씨의 가족이 나를 안고, 내 어깨에 기대어 눈물을 흘렸다. 마치 침략자와 같았던 나는 더 이상 이방인이 아니었다. 여기가 바로 천국이라는 생각이 들었다. 내 영혼이 위로 받는 소중한 순간이었다. 함께 갔던 친구도 모든 경험이 너무 감동적이었다고 했다.

나는 마음을 고쳐먹은 덕분에 천국에 들어간 것 같은 소중한 순간을 경험할 수 있었다. 사랑하는 사람의 죽음 앞에서 고통스러운 감정을 솔직하게 드러내는 가족과 친지 사이에서 죽음이 만들어낸 공동체가 인간애를 솔직하게 드러내는 순간을 목격했다.

사람은 혼자 살아가지 못한다. 슬픔에 초연해지고, 감정을 배제하고, 시계처럼 정확하게 스케줄이 따라 움직일 수도 없다. 오히려 그 반대이다. 다른 사람과 관계를 맺고, 유동적이고, 감정을 가지며, 눈물을 흘린다. 역설적인 말이지만 사람은 지옥에 가까워질 때 천국을 발견하곤 한다. 사랑이 있는 곳이면 어디든지 천국이다. 고통스럽고 함께 눈물을 흘리는 상황도 마찬가지다. 그래서 우리가 살고 있는 이 세상에서 천국을 경험할 때도 있다.

나는 10대와 청년기를 거치는 동안 천국은 사랑이 넘치는 공간이 아니라 죽음의 불확실함으로부터 위안을 가져다주는 장소라고 생각했다. 이런 피상적이면서 종교적인 생각이 내 연약한 마음을 죽음의 냉혹함으로부터 다소 보호해주었다. 그러던 중 어느 일요일에 마음을 움직이는 설교를 듣게 되었다. 그때부터 생각이 달라졌고, 나는 천국에 대한 집착을 버리려고 노력했다. 종교에서 죽음으로부터의 안식보다 더 큰 위안을 찾을 수 있을 것만 같았다.

나는 꼭 천국을 생각하지 않아도 신앙이 굳건하기를 바랐다.

신앙을 통해서 죽음의 목소리와 그 목소리가 삶에 가져다주는 가치를 소중하게 생각할 수 있기를 바랐다.

나는 지옥을 의심하면서 건너서는 안 되는 루비콘 강을 건넜다. 내가 왜 천국을 바라는지 그 이유뿐 아니라 천국의 존재 자체에 의심을 품기 시작했다. 처음 내가 블로그를 시작했을 때, 큰 방송국의 뉴스 프로그램에서 인터뷰를 요청했다. 장의사가 보통 사람들에게 한창 인기를 끌고 있던 블로그에 자신의 생각을 털어놓는 게 신기했기 때문이다. 그중 어떤 신문 기자는 두 가지 인터뷰를 동시에 진행하기도 했다. 하나는 종교적인 매체에 실릴 인터뷰였고, 또 다른 하나는 지역 신문에 실리는 세상살이에 관한 칼럼이었다.

인터뷰는 로비의 장례식 직후에 이루어졌다. 로비의 장례식은 내가 가지고 있던 다양한 믿음에 도미노 효과를 일으켰는데, 그중 하나가 천국에 대한 믿음이었다. 나는 인터뷰 중에 갑자기 내 마음속에 생긴 의심에 대해서 털어놓았다. 그러면서 종교적인 매체에 실릴 기사에는 이런 이야기를 써도 좋지만 지역 신문에는 쓰지 말아달라고 부탁했다. 가족과 친구들이 지역 신문을 즐겨 읽었기 때문이다. 하지만 당황스럽게도 신문에는 내가 했던 이야기가 빠짐없이 실렸다.

나는 어떻게 해야 할지 몰랐다. 내 마음에 품은 의심이 공개되면서 가족, 친구, 일과의 관계가 달라질 것이라고 생각했다. 사람들이 "칼렙이 천국을 믿지 못한다고?"라면서 다른 장의사를 찾지는 않을까 걱정이 되었다. 내가 살고 있는 지역 사회는 신앙심이 깊어서 나를 이방인으로 여기고 배척하지 않을까 두려워졌다.

인터뷰를 본 우리 가족은 걱정하면서도 한편으로는 분노했다. 신을 의심하는 것은 믿음이 없다는 뜻이기 때문이다. 사후 세계에 대해서 의심을 갖는다는 것은 사후 세계가 존재하지 않는다고 확신하는 것과 같았다. 어머니께서는 내게 아직 주님에 대한 믿음을 가지고 있는지 물었다. 어떤 이모는 내 영혼을 위해서 눈물을 흘렸고, 또 다른 이모는 교구의 목사님에게 내 인터뷰 내용이 화가 난다고 털어놓았다. 장례식을 치르는데, 내가 구원받도록 기도한다고 말하는 조문객들도 있었다. 누군가는 장례식을 마친 후 나를 한쪽으로 끌고 가 내게 양손을 올리고 기도했다(열정적인 동시에 불편하고 강경한 기도 방식이다).

지금부터 성토요일의 또 다른 경험에 대해서 말해보려고 한다. 종교인들은 성금요일이 되면(성금요일은 교회에서 예수님의 사망일로 믿는 날이다), 다시 부활하신 것으로 알려진 기쁘고 영광된 부활절 일요일만 생각하고, 그 중간인 토요일은 잊는다. 예수님의 임종에 얽힌 이야기를 읽으면서 고통스러운 죽음에 관한 부분을 아예 건너뛰거나, 토요일 전인 금요일까지가 이야기의 전부라고 왜곡해버린다. 죽음과 부활의 극렬한 대비 속에서 토요일은 지루한 시간으로 비쳐진다.

하지만 예수님의 죽음과 부활에 관한 사흘 동안의 이야기에 대해 약간의 상상력을 발휘해보면, 내게는 토요일이 가장 의미가 큰 것처럼 생각된다. 토요일에 예수님의 제자들은 다음 날 일어날 일을 짐작도 하지 못했다. 메시아를 의심하고, 그의 죽음에 낙담해 있었다. 성토요일은 예수님의 제자들이 죽음을 경험한 날이다. 희망이자, 친구이며, 미래에 대한 희망이 사라진 날이었다. 남아 있는 유일한 신앙의 형태는 침묵과 의심뿐이었다. 지금 우리 인간이 매일 경험하는 일상도 그때의 토요일과 같다.

신도들은 죽음을 부활에 비추어서 해석하려는 것 같다. 나는 감히 이들이 부활절에 일어난 일을 알고 있기 때문에 성금요일과 성토요일을 간과한다고 지적하고 싶다. 많은 신도

들이 고통, 침묵, 죽음에 대한 의심을 낯설게 여기는 이유는 부활절 바로 앞의 고통스러운 시간을 무시하기 때문이다. 고인을 곧 만나게 된다고 하거나, 고인이 더 나은 곳으로 갔다거나, 신께서 감당하기 어려운 고통은 주지 않으신다고 하거나, 천국이 눈물을 닦아줄 거라면서 틀에 박힌 말을 하는 이유는 신도들이 부활에 관한 부분만 읽기 때문일 것이다. 부활을 어두컴컴한 죽음과 죽음에 대한 공포를 막는 방패로 사용한다.

나는 이런 행동이 잘못되었다고 생각하게 되었다. 사람들은 부활에만 집중해서 죽음을 마음으로 받아들이지 못하고 있었다. 물론 사후 세계의 개념은 강력하다. 그런데 너무 강력해서 남용하기도 쉽다. 그중에서도 가장 저지르기 쉬운 실수가 여기 지상에서의 삶보다 사후 세계를 더 중요하게 생각하는 것이다. 하늘에 있는 천국만 바라보다가 바로 눈앞에 천국을 보지 못하고 지나치기 쉽다.

지금의 일상 속에서 찾을 수 있는 천국보다 사후의 천국을 더 중요하게 생각하는 것은 위험하다. 나는 누군가가 죽어서 천국에 간다 하더라도 그것이 좋은 소식이라고 생각하지 않는다. 그러나 지금 우리가 살고 있는 지상에서 천국을 경험할 수 있다면, 그것이 좋은 소식이라고 생각한다.

대부분의 사람들은 신이 존재한다면 땅이 아니라 천국에 있을 거라고 추측한다. 천국은 무조건 좋다고 생각한다. 우리가 사는 세상은 힘들고, 부패하고, 심지어 사람을 죽게 만드는 곳이라는 식의 천국 중심적인 사고방식을 가지고 있다면, 무조건 천국이 좋다. 하지만 죽음과 이곳 세상에 대해 긍정적으로 생각해보자. 그러면 신께서 이곳에 우리와 함께 계실지도 모른다는 생각이 든다. 저기 하늘 위가 아닌 우리들 사이에, 우리와 함께 계시면서 이곳을 천국으로 만들 수도 있지 않을까? 그리고 죽음 앞에서 우리에게 천국을 보여주실 수도 있지 않을까?

내가 도니 아저씨의 시신을 운반한 날 봤던 가족들의 모습은 흔히 알려진 천국의 모습은 아니었다. 그곳에는 눈물이 있었고, 죽음이 있었다. 고통도 있었다. 하지만 깊은 사랑도 있었다. 주님께서 고통 받는 사람들과 함께 있으신다면, 분명 그곳에 계셨을 것이다.

내가 다시 천국을 믿게 된 것은 바로 이런 경험 때문이었다. 천국은 하늘에 있는 게 아니다. 죽은 다음에 가는 곳도 아니다. 사랑이 있는 곳이라면 어디든지 천국이 될 수 있다. 나역시 천국은 진주 빛의 대문이 달린 거대한 저택과 금으로 덮인 길로 되어 있다고 생각했다. 하지만 이제는 소소한 일상의 친절과 호의 속에 진짜 천국이 있다고 생각하게 되었다. 천국은 평범함 속에 숨어 있다.

도니 아저씨의 오픈 캐스킷에는 300명에 가까운 조문객이 다녀갔다. 장례를 시작하기 전에 가족들이 먼저 관 앞에서 작별 인사를 하도록 청했다. 나는 가족들이 작별 인사를 할 때면 관의 발치에 서서 그들을 바라보곤 한다. 이 순간은 사랑하는 사람을 어루만지고, 바라보고, 말을 할 수 있는 마지막 기회이기 때문에 가족들에게는 감당하기 힘들고 고통스러운 시간이다. 가족들은 생각보다 훨씬 빨리 찾아온 이별의 순간을 맞아 마지막 인사를 하며 우리가 관의 뚜껑을 닫는다.

가족들이 오픈 캐스킷의 마지막 순간을 보내고 있을 때, 내 바로 앞 오른쪽에 앉아 있는 사람들이 눈에 들어왔다. 교회 의자 맨 앞줄에는 작은 여자아이 두 명이 앉아 있었다. 한 명은 금발이었고 한 명은 갈색 머리였다(이후에도 나는 머리 색깔로 이 아이들을 구분하게 되었다). 두 아이는 모두 일곱 살이었다. 갈색 머리의 아이는 머리를 곱게 빗어 넘겼고, 부활절 드레스처럼 보이는 흰색 옷을 입고 있었다. 여기에 반짝이는 흰색 구두를 신은 발은 바닥에 닿지 않은 채 앞뒤로 흔들렸다. 옆에 앉은 금발의 여자아이는 검은 바지에 검은 셔츠를 입고 있었다. 나는 이 아이들이 도니 아저씨의 손녀인 줄 알았다.

어른들이 대부분 울고 있을 때 금발인 아이가 갈색 머리 아이의 어깨에 손을 둘러서 안아주었다. 그제야 갈색 머리 여자아이의 도자기 같은 얼굴 위로 눈물이 굴러떨어졌다. 아이들은 내가 보고 있다는 사실을 알지 못했다. 내가 알기로 아이들을 보고 있는 사람은 나뿐이었다. 다른 어른들은 모두 관 주위에서 서로를 끌어안고 있었다.

금발의 아이가 일어나서 그다음 줄의 의자로 걸어가더니 손가방 대용으로 사용하는 고급 담배 상자를 열었다. 아이는 뚜껑을 열고, 안에서 곱게 접어놓은 티슈 하나를 끄집어냈다. 그러더니 직전까지 앉아 있던 자리로 돌아와서 친구가 흘리는 눈물을 닦아주었다.

그 순간 마음이 울컥했다. 나는 장의사 일을 시작하고 해가 바뀌면서 마음이 점점 무감각해졌다. 좀처럼 마음이 쓰이거나 감동을 받는 일이 없어졌다. 죽음은 사람을 전과 다른 생명체로 바꾸어놓는다. 마음이 마치 코뿔소의 딱딱한 가죽처럼 변해버려서, 가죽을 뚫으려면 놀라울 정도로 날카로운 무기가 필요하다.

나는 몇 분 동안 따뜻한 마음을 나누고 있는 작은 아이를 바라보았다. 이윽고 고개를 끄덕이는 와일드 할아버지가 보였다. 그제야 정신을 차리고 원래 하려던 대로 관 뚜껑을 닫았다.

가끔 장례식에서 가장 밝은 희망, 가장 아름다운 인간애, 사랑이 만들어내는 천국을 발견할 때가 있다. 작은 여자아이가 친구의 눈물을 닦아줄 때도 바로 그런 순간이었다.

천국과 죽음은 정반대이며, 기름과 물처럼 절대 섞일 수 없다고 생각된다. 하지만 내 경험은 달랐다. 죽음을 둘러싸고 사랑이 피어나고, 소소하지만 아름다운 순간에서 천국으로 향하는 작은 통로가 만들어진다. 죽음과 천국은 눈에 보이고 느낄 수 있는 것은 아니지만 다양한 방식으로 연결되어 있다. 죽음과 천국은 흙과 꽃의 관계와 같다. 사랑하는 사람의 죽음 속에는 천국과 지옥이 섞여 있다. 그 속에서 천국이 펼쳐질 때는 그 아름다움을 당장 느낄 수 있다. 죽음으로 인한 슬픔에도 불구하고 천국이 펼쳐지는 게 아니다. 죽음 덕분에 이곳이 천국으로 바뀌는 것이다. 천국은 하늘이 아니라 지상의 죽음과 고통 사이에 존재한다.

13
이상적인 사랑

죽음이야말로 모든 사람을 연결해주는
공통적인 공감대다.

샘 누나의 집안은 파크스버그 토박이었다. 우리 가족이 그렇듯이 그의 가족도 대대로 이곳에 살았고, 이 땅에 묻혔다. 그러니까 샘 누나 가족은 파크스버그의 일부이며, 어떻게 보면 이곳 자체이다. 우리 집과도 막역했고 어떻게 보면 우리는 넓은 의미로 가족이었다. 서로의 사정을 너무나 잘 알았고, 서로를 그 모습 그대로 좋아했다. 나는 누나가 레즈비언이라는 사실도 알고 있었고, 이제 마흔 살 밖에 되지 않은 몸이 폐에서부터 퍼진 암세포의 잔인한 공격을 받고 있다는 것도 알았다.

파크스버그는 최근 동성애자와 양성애자, 트랜스젠더와

같은 성 소수자를 포용하기 시작했다. 덕분에 샘 누나와 친구들은 더 쉽게 어울릴 수 있었고, 자신들의 의견을 밝히면서 공식적으로 활동할 수 있었다. 파크스버그와 미국의 다른 지역에서 성 소수자들에 대한 편견은 사라졌다. 하지만 일부 교회에는 아직까지 이들에 대한 편견이 남아 있었다. 오랜 신앙과 건강하지 못한 배타적인 사고방식으로 성 소수자들을 '자연스럽지 못한, 보통과는 다른 부류'라면서 색안경을 끼고 보았다. 샘의 부모님이 딸의 장례 준비를 위해서 우리를 찾아왔을 때, 첫마디를 듣고 우리가 놀랐던 것은 이 때문이었다.

"샘은 교회에서 장례식을 하고 싶어 했어요."

레즈비언이라는 사실을 숨기지 않았던 누나는 가족들이 다니는 교회에서 인정받지 못했다. 하지만 여전히 주님을 사랑했고, 교회 가족들을 사랑했으며, 가끔 교회에 가고 싶어 했다. 샘 누나가 교회에서 인정받기를 바랐지만 그렇지 못했다는 사실은 공공연한 것이었다. 나는 누나 부모님의 말을 듣고 그때까지 열심히 노력해서 배운 장의사의 사무적인 말투마저 잊고 말았다. 원래 생각 없이 말을 뱉는 적이 거의 없었지만 "왜 누나가 그렇게나 거부당했던 교회에서 장례식을 하고 싶어 하겠어요?"라고 불쑥 본심을 드러냈다.

누나의 어머니는 격양된 눈으로 나를 바라보았다. "샘은 주님을 사랑했어. 언제나 교회에서 자신을 포용해주길 바랐단다. 살아서는 받지 못했지만, 죽어서라도 받게 할 거야." 딸을 두둔하는 아주머니는 매 순간 감정이 점점 더 북받치는 것 같았다.

누나와 가족들은 편협한 생각에서 벗어나려고 노력하고 있었다. 그 모습을 보면서 언젠가 읽었던 도로시 데이(Dorothy Day)에 관한 이야기가 생각났다. 20세기의 유명한 사회 운동가로 성장한 도로시 데이가 쓴 어린 시절에 대한 이야기였다. 그가 여덟 살이었을 때 1906년 샌프란시스코 지진이 발생해 3,000명 이상이 사망하고, 도시의 80퍼센트가 파괴되는 사건이 있었다. 도로시의 가족은 바로 옆인 오클랜드에 살고 있었다. 오클랜드는 샌프란시스코 지진에서 살아남은 생존자들의 피난처가 되었다. 데이는 자신의 전기에 다음과 같이 적었다.

세상이 진정되고 보니 오클랜드에 있던 우리 집은 엉망이었다. 오클랜드에는 불이 나지 않았지만, 강 건너편의 불꽃과 연기는 우리 집에서도 보일 정도였다. 다음 날 배와 보트를 타고 강을 건너 온 샌프란시스코 사람들이 쏟아졌다. 이

도라 공원과 자동차 경주로는 임시 거처가 되었다. 이웃들은 나의 어머니와 집을 잃은 사람들을 위해서 나섰다. 사람들은 집에 있는 옷을 한 벌도 빠짐없이 기부했다.

도로시 데이는 비극적인 사고 속에서 보았던 조건 없는 배려와 한계 없는 공동체 의식에서 깊은 인상을 받았고, 당시를 절대 잊을 수 없었다며 계속 글을 이어나갔다.

위기가 계속되었지만, 여기저기에서 사랑이 넘쳐났다. 힘든 시간을 보내면서, 편견 없는 공감과 사랑으로 서로를 어떻게 배려할 수 있는지, 과연 그게 가능한지에 대해 생각해보는 시간이었다.

도로시 데이가 그랬듯이 나 역시 죽음 앞에서 배타주의와 편견이 사라지는 것을 목격했다. 덕분에 누구나 마음속에 가지고 있는 인간애를 확인하고 이해할 수 있었다. 평상시에 싫어하는 사람이거나, 의견이 맞지 않는 사람도 예외는 아니었다. 누나의 장례식은 이 사실을 직접적으로 확인하는 또 한 번의 기회였다.

나는 누나가 다니던 교회의 목사님께 전화를 걸었다. 누나

가족의 요청에 어떻게 반응할지 사뭇 걱정이 되었다. 교회에서 샘 누나를 받아들일까? 아니면 보수적인 집단처럼 교회 공동체를 보호하기 위해서 누나를 '다른 부류'에 포함시키고, 정중하게 장례식 요청을 거절할까?

"안녕하세요, 잭슨 목사님이세요?" 내가 물었다.

"맞아요." 상대방이 대답했다.

"맥키니 가족을 만났습니다."

나는 잠시 말을 이을 수 없었다.

"알고 계시는지 모르겠는데 어젯밤에 누나가 죽었어요."

"그렇군요." 목사님이 갈라진 목소리로 대답했다.

"가족들과 얘기를 했는데, 누나 장례식을……."

그때 잭슨 목사님이 내 말을 잘랐다.

"교회에서 할 겁니다."

내가 못다 한 문장을 완성한 목사님은 계속 말을 이어나갔다.

"2주 동안 샘에게 갔었어요. 성찬식도 했고, 격려도 해줬습니다. 샘이 뭘 원하는지 다 말해줬어요. 장례식은 교회에서 할 겁니다."

목사와 장의사는 장례식 방법에 대해서 자주 의견을 교환한다. 덕분에 나는 잭슨 목사님과 구면이었고, 그가 성 소수자를 용인하는 전반적인 사회 분위기를 마땅찮아 한다는 것을 알고 있었다. 그런 목사님이 교회에서 누나의 장례식을 치르겠다고 나서는 것은 차치하더라도 몇 번이나 누나를 찾아갔다는 사실이 적잖이 놀라웠다. 나는 죽음과 그 과정에서 사람들 사이에 존재하던 마음의 벽이 허물어지는 순간을 몇 번이나 목격했다. 비록 잠깐에 불과할지라도 사람들은 인간애를 느끼면서 공통점을 발견하곤 했다. 교회는 성 소수자를 공식적으로 배척할 수도 있고, 가치관보다 사람을 더 소중하게 생각할 수도 있다.

누웬(Henri Nouwen: 저명한 신학자이자 베스트셀러 작가 ─ 옮긴이)은 "아무리 다르다고 해도, 아무 힘없이 태어나 아무런 힘없이 죽는 것은 똑같다. 이런 진실을 생각해보면, 삶의 작은 차이는 그마저도 사라진다"고 말했다. 누나의 목사님은 한때 소중하게 여겼던 가치관이 죽음이라는 거대한 진실 앞에서 아무것도 아니라는 걸 알고 있는 사람이었다.

누나의 장례식은 내 생각과는 전혀 달랐다. 그날의 경험은 나를 한없이 부끄럽게 만든다.

잭슨 목사님의 추도 연설은 너무나 아름다웠다. 조문객들은 샘 누나의 장례식이 얼마나 특별하고 인간적이었는지를 생각하면서, 하나같이 감동을 받고 그곳을 떠났다. 예배당에는 누나의 가족과 성 소수자 친구들, 가족과도 같은 교회 신도들이 모여 있었다. 교회 사람들은 상당수가 샘 누나의 성적 취향을 이해하지 못했고, 심지어 가족 중에서도 불편해하는 사람들이 있었다. 하지만 그날만큼은 사랑으로 모두가 한마음이 되었다. 우리는 삶과 죽음을 매개로 모두 하나가 되어서 신께 기도하며 누나를 마지막 안식처로 떠나보냈다.

그때를 생각해보면 나는 누나의 장례식 날 처음으로 죽음이 가진 정신적인 힘을 경험했던 것 같다. 죽음은 신비로운 힘으로 서로의 차이를 구분하는 게 얼마나 어리석은 행동인지를 깨닫게 하고, 모두를 하나로 묶어준다. 죽음은 모두를 공감하게 만들고, 포용하게 만든다. 죽음이야말로 모든 사람을 연결해주는 공통적인 공감대다. 그래서 나와는 관계가 없던 사람도 목숨을 잃으면 마음이 아프다. 죽음에 대한 공포보다는 사랑을 느끼고, 더 노력한다.

어쩌면 죽음이 가진 이 신비한 힘을 경험한 사람은 나 말고도 또 있을 것이다. 그 정도까지는 아니더라도 죽음이 경계를 허물고 서로에게 소속감을 느끼게 해준다는 건 모두가 알고 있다. 어리거나 나이가 많거나, 부자이거나 가난하거나, 친구이거나 적이거나 마찬가지이다. 누나에게 배타적이던 누나의 교회도 마찬가지였다. 나와 다르다고 생각했던 사람을 애도할 때는 마음속 공포가 앞선다. 낯선 누군가가 끔찍한 죽음을 맞는 것을 목격할 때, 함께 두려워하는 마음을 가지게 된다. 그런 경험들 덕분에 죽음이 가진 신비로운 힘을 실감하게 된다.

누구나 그런 것은 아니다. 죽음이 공감과 사랑을 불러내는 기회가 되기는커녕 죽음에 관한 부정적인 기운에 빠지게 만들 때도 있다. 이때는 두려움, 씁쓸함, 고립감이 남는다. 죽음이 오히려 더 큰 공포를 느끼도록 부채질할 수도 있다. 그러면 사람들은 벽을 쌓는다. 불안감을 없애고 상대를 무력하게 만들기 위해서, 더욱 상황을 통제하려고 든다. 죽음은 인간의 뇌를 공포로 들끓게 한다. 공포 때문에 좋은 사람이 비인간적인 모습을 보이기도 한다.

죽음은 우리를 더 돈독하게 만들어주지만
서로를 갈라놓기도 하며,
사랑을 만들어내기도 하지만 증오를 불러올 때도 있다.
평화를 가져올 때도 있지만 전쟁을 일으키기도 하며,
치유를 해주기도 하지만 고통을 줄 수도 있다.
포용의 계기가 되기도, 배척으로 이어질 때도 있다.
관용을 베풀어주는 계기가 되기도 하지만

근본적인 원칙에 대한 집착이 될 때도 있으며,

천국을 만들어낼 수도 있지만 지옥을 불러오기도 한다.

죽음에 대한 긍정적인 시각을 만들어주기도 하지만

죽음에 대한 부끄러움을 환기시키기도 한다.

마음을 아프게도 하지만

마음을 더 단단하게 만들 때도 있다.

삶은 언제나 상반된 두 가지 요소의 혼합이다. 그 혼합 속에서 우리는 공포와 부활 중 하나를 선택해야 한다. 죽음에 관한 부정적인 생각을 선택할 때도 있고, 긍정적인 생각에 용기를 얻거나 감동할 때도 있다.

샘 누나가 받아들여지길 바랐던 교회의 선택은 종교가 가진 의미와 일맥상통한다. 죽음이 공포나 타인에 대한 증오, 죄악으로 이어지는 게 아니라, 새롭고 더 나은 삶으로 이어진다는 것이다. 심지어 죽음 앞에서 사람들은 과거에는 불가능했던 용서와 포용, 관용을 보이기도 한다. 샘 누나는 교회를 감동시켰다. 누나의 장례식에서 나는 배척되었던 누나가 내 마음속에서 예수님처럼 부활한 것 같다는 생각이 들었다.

죽음 앞에서 사람들은 자신을 재발견하게 된다. 죽음은 도로시 데이가 말했던 이상적인 인간애를 발견하게 해준다. 죽

음 앞에서는 한때 분열되었던 공동체가 다시 하나가 되기도
한다. 죽음에 직면해서 사람들은 공감, 온정, 이해를 바탕으
로 경건해진다.

인간은 모순적인 존재이다. 죽음에서 끔찍한 고통을 찾는
동시에 가장 고결한 아름다움도 찾는다. 이런 모순이 가진
한계 때문에 죽음을 부정적으로 생각하며 칼과 방패로 삼아
저항하기도 하기도 하고, 죽음과 관련된 긍정적인 이야기와
경건함으로 죽음을 받아들이기도 한다.

나는 죽음을 긍정적으로 보게 되었다. 덕분에 죽음에 관한
이야기를 다르게 받아들이게 되었고, 죽음을 전처럼 무서워
하지 않게 되었다. 샘 누나의 장례식 직후, 나는 죽음을 삶 속
으로 받아들일 준비를 마쳤다.

14

슬픔을 끝내지 않아도
괜찮아

우리가 가진 사랑 속에서 언제나
그들의 사랑의 흔적을 찾을 수 있다.

제니퍼 누나가 떠났다. 누나는 집에서 잠을 자던 중에 뚜렷한 이유도 없이 갑작스럽게 숨이 끊어졌다. 제니퍼 누나는 다운 증후군을 앓고 있었다. 그래서 40대 후반이었지만 부모님과 함께 살았다. 누나의 부모님인 케이티 아주머니와 돈 아저씨는 벌써 오래전에 은퇴하셨다. 누나의 죽음을 처음 발견한 사람은 돈 아저씨였다. 아침에 딸을 깨우러 갔다가 침대에 잠이 든 듯 평온하게 숨이 끊어진 누나를 발견했다고 한다. 고통의 흔적은 없었다. 동네 병원 영안실에서 사인을 확인하기 위해 누나의 시신을 부검했다.

제니퍼 누나의 경우는 소위 말하는 '부검이 필요한 상황'이었다. 사인을 규명하기 위해서 시신을 부검하고, 독극물 테스트를 진행하고, 그 외에 부검의가 필요하다고 생각하는 여러 가지 검사가 필요했기 때문이다. 부검은 하루가 걸렸다. 부검이 끝나면 장의사는 시신을 인도받아서 부검의 흔적을 지우기 위해서 가능한 모든 방법을 동원한다. 독극물을 확인하려면 혈액 검사를 비롯해 육안으로 확인할 수 없는 각종 검사가 필요했다. 하루 동안 부검을 하고 난 다음에는 결과를 분석할 차례다. 실험실에서 부검 결과를 분석하는 데는 2주가 걸린다. 말하자면 고인이 사망한 후 2주가 될 때까지 사인을 알 수 없고,「사망 확인서」도 그때 발급된다는 뜻이다.

제니퍼 누나의「사망 확인서」는 3주가 지난 다음에야 우편으로 우리 장례식장에 도착했다. 장례식이 끝나고도 2주나 지난 다음이었다. 나는 누나의 집으로 전화를 걸어 케이티 아주머니께「사망 확인서」를 받았다고 알려드렸다. 아주머니는 다음 날 복사본을 받아 직접 가져다드리겠다는 내 말에 알았다고 대답하셨다. 다음 날 오후, 나는 10킬로미터 남짓 떨어진 코테스빌에 있는 누나의 집에 도착해 벨을 눌렀다.

사실 그날은 다른 장례 준비로 바빠서 아저씨나 아주머니와 오래 이야기를 나눌 시간이 없었다. 다른 얘기 없이 확인서만 전해드리고 돌아올 생각이었다. 하지만 아주머니께서 집에 들어왔다가 가라고 고집을 부리셨고, 기어이 나를 거실에 데려가 앉혔다. 케이티 아주머니는 내게 소파에 앉으라고 손짓을 하면서 서류 봉투에서 「사망 확인서」를 꺼냈다. "수면 중 무호흡으로 인한 갑작스러운 심정지라는구나." 아주머니는 큰 소리로 사인을 읽었다. "그래, 맞아. 제니퍼가 몇 달 전부터 코를 정말 크게 골았는데……." 나는 아주머니가 자책할 걸 알고 황급히 선수를 쳤다.

"아주머니는 제니퍼 누나를 많이 사랑해주셨어요. 지금껏 잘 보살피셨고요." 장의사가 되고 나서 비슷한 상황이 있을 때마다 나는 곧잘 그렇게 말했다. 그러면 상대방은 죄책감을 덜고 눈물을 흘렸다. 케이티 아주머니도 예외가 아니었다. 아주머니는 울면서 딸의 건강과 행복을 위해 최선을 다했고, 이제는 그만큼 큰 상실감에 어쩔 줄 모르겠다고 했다. 아주머니에게 제니퍼 누나에 대한 사랑은 삶 자체였다. 그런데 이제 누나가 사라지고 갑자기 남는 시간을 어떻게 써야 할지 모르겠다고 했다. 남편인 돈 아저씨도 제니퍼 누나가 이제 이 세상에 없다는 사실을 감당하지 못해 버거워한다고 말씀하셨다.

케이티 아주머니가 문득 "부엌에 가볼래?"라고 권하셨다. 아주머니를 따라 부엌에 간 나는 그곳에 펼쳐진 낯선 광경에 당황하고 말았다. 누나가 식탁에서 즐겨 앉던 자리가 생전에 아끼던 물건으로 장식되어 있었다. 마치 예배당에서 봤던 성자를 위한 작은 사당 같았다. 어떻게 보면 무당집 같기도 했다. 다만 누나의 가족들이 만들어낸 그 공간은 예배당이나 무당집보다 의미가 커서 딸의 추억이 담긴 다양한 물건이 놓여 있었다.

"이렇게 해놓으면 마음이 좀 편해질 것 같더구나." 아주머니는 그렇게 말씀하셨지만, 나는 솔직히 거부감이 들었다. 위화감이 들다 못해 약간은 병적인 게 아닌가 하는 생각마저 들었다. 하지만 물건과 거기에 얽힌 사연을 듣고 있자니 내가 얼마나 성급했는지를 깨닫고 부끄러워졌다.

"저 곰 인형은 우리 딸이 가장 좋아했던 인형이야. 애 아빠가 몇 년 전에 사줬는데 인형을 보자마자 얼마나 좋아했는지 몰라. 인형하고 절대 떨어지지 않았단다. 원래는 제니퍼 관에 넣어주려고 했는데, 내가 갖고 있고 싶어서 그냥 놔두었어. 제니퍼 냄새가 나는 것 같아서 관에 넣을 수 없었어."

인형 다음은 조카들이 그린 그림을 설명했다. "조카들이 제니퍼 얼굴을 그린 거란다. 아이들이 그린 거야." 대단한 예술 작품은 아니었지만, 공을 많이 들인 티가 역력했다.

한가운데는 전문 사진사가 찍은 누나의 사진이 담긴 액자가 놓여 있었고, 주변은 장례식에서 사용되었던 것처럼 보이는 꽃으로 장식되어 있었다. 그 옆에는 반쯤 타버린 향초와 누나가 아기였을 때 신었던 신발, 가족이나 친구들과 찍은 사진들이 있었다. 개중에는 누나가 생전에 가장 좋아했던 장소인 뉴저지 오션 시티의 해변에서 가져온 모래가 담긴 병도 있었다. 아주머니의 설명을 들으면 들을수록, 의미가 한층 더 배가되는 것 같았다. 누나의 집을 나온 직후에는 제니퍼 누나를 위해 꾸며진 작은 사당 같던 그 공간이 왜 그렇게 인상적이었는지 알 수 없었다.

내가 수동적인 기억과 능동적인 기억의 차이를 구분하게 된 것은 그로부터 몇 년이 지난 후였다. 예를 들어보면, 다른 세상으로 떠나버린 사랑하는 사람의 사진을 보았을 때 떠오르는 추억이 수동적인 기억이다. 다시 말해서 어떤 계기 때문에 예상치 못하게 갑자기 불쑥 튀어 오르는 기억이다. 일부러 계획한 게 아니라 갑작스럽게 다가온 슬픈 기억이지만 아름답게 느껴진다. 능동적인 기억도 역시 아름답기는 마찬가지이다. 다만 필요에 의해 일부러 기억해내는 것이다.

미국의 한 유명 성직자는 자신의 책에 고인에 대한 애도가 몇 개월 이상 계속되어서는 안 된다고 적었다. 그러면서 "사랑하는 사람의 죽음을 이겨내야 한다. 과거와 작별하지 못하면 미래를 받아들일 수 없기 때문이다. 슬프고, 마음이 아픈

건 당연하다. 하지만 5년이나 10년이 지나도 여전히 같은 마음이어서는 안 된다"고 말했다. 나는 그의 생각에 반대한다. 그런데 이런 생각은 비단 이 성직자에게만 국한되지 않는다. 사람들 대부분이 언젠가는 사랑하는 고인에 대한 애도를 마무리해야 한다고 믿는다. 대체 무엇 때문에 꼭 잊어야 한다고 생각하는 것일까? 왜 우리는, 그중에서도 특히 미국인들은 애도와 죽음에 대한 마음을 갈무리하고 이겨내야 한다고 생각하는 것일까?

내 짐작에는 아마도 로스가 말한 '사망의 5단계'를 오해하면서 시작된 게 아닌가 싶다. 로스는 사망의 5단계를 고인에 대한 애도에 적용할 의도가 전혀 없었다. 다만 사랑하는 사람의 생명이 꺼져가는 과정을 보고 있어야 할 때를 위한 조언이었다. 로스는 죽음이 임박한 환자들을 연구했고, 죽음의 과정이 거부, 분노, 협상, 우울, 수용의 단계로 이루어진다는 사실을 알게 되었다. 로스에 앞선 인물인 프로이트도 이런 고정 관념이 형성되는데 일조했다. 프로이트는 '데커섹시스(Decathexis)'를 주장했다. 데커섹시스란 고인에 대한 감정적인 에너지를 제거해 분리하는 것을 뜻한다. 프로이트는 데커섹시스가 진행되는 과정에서, 혹은 그 이후에 감정의 에너지를 또 다른 대상이나 사람에게 재투자하는 '레커텍시스

(Recahexis)'를 제안했다. 다시 말해서 고인이 떠난 후 만들어진 '사랑의 구멍'을 메우기 위해 또 다른 타인을 사랑하라는 것이다.

사람들이 고인에 대한 애도를 언젠가는 접어야 한다고 믿는 또 다른 이유는 통제할 수 없는 것을 싫어하기 때문이다. 인간은 사자를 길들일 수 있고, 사랑은 절대 망가지지 않는다고 믿는다. 마찬가지로 죽음도 통제와 관리가 가능하다고 믿고 싶어 한다. 그래서 고인을 애도하는 마음을 단계별로 나누어 수학 공식처럼 설명하고, 불확실함을 지우려고 한다.

인간은 시간표를 좋아해서 얼마나 오래 고인을 애도하게 될지를 가늠한다. 혹시 누군가 너무 오랫동안 슬퍼할 때는 앞에서 예로 든 성직자처럼 "5년이나 10년이 지나도 여전히 같은 마음이어서는 안 된다"고 가르치려고 든다. 이해할 수 없는 슬픔을 지우고, 골치 아픈 비루함은 해결하고, 아무 때나 눈물을 흘리지 않으려고 한다. 그래야만 파일을 정리하듯 감정의 시작과 끝을 정할 수 있기 때문이다. 인간은 죽음을 마음대로 좌지우지하려 한다. 완벽한 인간이 되기 위해서는 죽음의 영향력을 벗어나 애도하는 마음을 마무리해야 한다고 생각한다. 하지만 인간이 생각하는 완벽한 순간은 찾아오지 않는다. 아무리 슬픔을 다스린다고 해도, 완벽해질 수는 없다. 사랑하는 사람이 죽은 다음에도 사랑하는 마음은 사라지지 않는다. 고인을 애도하는 마음도 마찬가지이다.

지금 생각해보면 제니퍼 누나의 물건들이 불편했던 이유는 슬퍼하는 감정에 적극적으로 대처하고 이겨내야 한다는 미국인들의 강력한 사고방식 때문이었던 것 같다. 미국인들은 문제 해결을 좋아하고, 갈등은 꺼린다. 고인을 애도하는 마음마저 처리해야 할 '문제'로 치부하는 사람들이 많다. 심지어 심리 치료사도 그렇게 생각한다. 애도하는 마음은 치유가 필요한 상처이며, 언젠가는 마무리해야 하는 미완성의 상태인 것처럼 받아들인다.

제니퍼 누나를 기억하기 위한 공간은 감정의 회피나 마무리와는 거리가 멀었다. 누나를 기억하기 위한 장소를 만든다는 것은, 슬퍼하는 마음이 사라지지 않는다는 것과 계속 슬퍼하는 것이 잘못된 게 아니라고 인정하는 행동이었다. 내 친구의 아버지인 데이비드 핸슨 씨는 고인이 남긴 물건이 천국으로 향하는 문이라고 했다. 그 문을 통해서 떠난 그들이 다시 우리의 삶 속에 들어와 말을 건다고 했다. 고인을 애도하기 위한 시간표를 짤 게 아니라, 그를 추억하기 위한 물건을 매개체로 슬픔과 죽음을 받아들여야 한다. 사랑하는 사람이 떠난 다음에도 서로에 대한 마음은 남아 있기 때문이다.

사랑하는 사람이 이 세상을 떠났을지는 모르지만, 우리 마음 속에는 여전히 살아 있다. 슬픔을 치유하고, 데커섹시스를 찾는 게 아니라, 슬픔을 조절하는 법을 배워야 한다. 사랑은 죽음 이후에도 놀라운 방식으로 계속된다. 그 때문에 기쁠 때도 있고, 슬플 때도 있다.

슬픔은 병이 아니다. 사랑하는 사람을 떠나보낸 슬픔은 잠깐 잊히지만, 완전히 사라지지는 않는다. 하지만 문제 될 건 전혀 없다.

『사랑을 위한 과학(A General Theory of Love)』에서 루이스(Thomas Lewis), 애미니(Fari Amini), 래넌(Richard Lannon)은 "사람 사이의 관계에서는 한 사람의 마음이 다른 사람의 마음을 바꾸고, 한 사람의 마음이 상대방을 변화시킨다. 내가 어떤 사람이고, 어떤 사람이 되느냐는 내가 누구를 사랑하는지에 따라서 달라진다"고 설명했다. 이 책을 쓴 작가는 두뇌 속 신경 통로가 사랑하는 사람의 영향을 받는다면서, 덕분에 뇌는 가장 가까운 사람의 일부분을 자신의 머릿속에 입력하게 된다고 설명했다.

작가 더글라스 호프스태더(Douglas Hofstadter)는 『나는 이상한 고리이다(I Am a Strange Loop)』에서 이 아이디어를 바탕으로 다음과 같이 미래를 예측했다. "보통의 성인들의 영혼이다수의 두뇌 속에 다양한 충실도의 정도로 존재한다. 따라서 모든 인간 혹은 '나'의 영혼은 한순간 다양한 뇌가 가진 다양한 정도의 결합 속에서 존재하게 된다."

제니퍼 누나는 가족을 사랑했고, 그 사랑이 가족들을 진정시켰다. 누나를 사랑했던 사람들의 마음속에 누나의 사랑과 그 영향력은 실질적이면서도 물리적으로 남게 되었다. 누나가 가지고 있던 선함이 가족의 두뇌를 바꾸었고, 더 나은 결과를 만들어냈다.

우리가 사랑하는 사람들은 우리의 신경 구조에 영향을 미치는 데서 그치지 않고, 생물학적 특성을 전달한다. 「출애굽기」20장에서 모세는 주님께서 수천 세대 동안 선한 사람들에게 어떻게 사랑과 친절함으로 임하셨는지를 설명했다.

행동 후생유전학(성장 과정에서 성격이 어떻게 형성되는지를 설명하는 실험 과학)의 새로운 발견에 따르면 트라우마와 그에 따른 심리적인 영향은 분자를 통해 한 세대에서 다음 세대로 전달된다. 즉 부모의 무관심이나 학대는 자녀에게 우울증을 남기고, 신체적인 특징처럼 후세대에 유전된다는 뜻이다. 하지만 다음 세대로 전달되는 것은 사랑도 마찬가지이다. 당신이 가진 사랑은 여러 세대를 거쳐서 전해진 유산의 한 조각이다. 또 당신이 가진 사랑의 조각은 앞으로 몇 세대에 걸쳐서 기쁨과 자신감, 용감함으로 표현될 것이다. 사랑은 물리적인 힘과 달라서, 생존을 위한 필수 조건은 아니다. 하지만 사랑은 다른 것들과 달리 어떻게든 늘 생명을 이어간다.

고인이 언제나 우리와 함께하는 것은 바로 이 때문이다. 이제는 다른 세상으로 떠났지만, 사랑하는 사람의 몸과 마음은 이곳에 늘 남는다. 그래서 죽음을 마무리해야 한다는 생각은 잘못된 것이다.

끝낼 수 없다면, 있는 그대로 고인을 받아들이면 어떨까? 사랑하는 사람을 더 적극적으로 기억하면 어떨까? 제니퍼 누나를 위한 공간이 인상 깊었던 이유는 죽은 사람을 계속 그리워해도 괜찮다고 내게 일깨워주었기 때문이다. 이것은 억지로 잊는 것보다 훨씬 건강한 행동이다.

1964년에 철학자이자 인도주의자인 장 바니에(Jean Vanier)는 '라르쉬(L'arche)' 공동체의 창시자이다. 케이티 아주머니와 돈 아저씨, 제니퍼 누나의 집은 규모가 작을 뿐, 라르쉬 공동체를 꼭 닮아 있었다. 라르쉬 공동체는 정신적으로 장애가 있는 사람들과 그를 돌보는 요양사로 구성되었다. 그런데 이들은 전문적으로 장애인을 돌보는 요양사와 고객의 관계가 아니라, 일종의 '공동체 모델'을 만들어냈다. 다시 말해, 구성원들 모두가 서로 도우며 함께 살아가는 형태였다. 라르쉬 구성원 중 가장 유명한 사람으로 이제는 고인이 된 헨리 누웬을 꼽을 수 있다. 그는 성직자이자 예일대와 하버드대의 교수였으며, 신학자였고, 작가로도 활발하게 활동했다. 10년 동안 온타리오(Ontario)에 있는 라르쉬 데이브레이크(L'arche Daybreak)에 살았던 누웬은 그곳의 중요한 구성원이 사망했을 때 다음과 같이 적었다.

우리는 고인에 대해서 이야기를 나누고, 벽에 그의 사진을 걸었다. 몇 년 동안 공동체 구성원이었던 로리, 헬렌, 모리스가 죽었다. 하지만 그들이 지금도 우리와 함께한다는 것을 느낄 수 있다. 세 사람은 지금도 계속 내게 영혼과 사랑을 나누어주고, 삶이 무엇인지를 알려준다. 기억하면 할수록, 그들은 기억 속에서 되살아나 나의 몸과 마음속에서, 내 삶 속에서 생명을 얻는다. 그들에게서 받은 사랑 덕분에 내가 살아갈 수 있고, 어떻게 살아야 하는지도 알게 되었다. 함께 있을 때 그들이 나를 필요로 했듯, 나도 그들이 필요하다. 그들은 내가 누구인지를 알려주고, 어디에 속해야 하는지를 알려준다.

고인과의 관계를 지속하기를 바라는 사람은 많지 않다. 죽음과 삶의 이분법적 분리를 원하는 우리의 머리는 사랑하는 사람을 죽은 것도 아니고 산 것도 아닌 상태로 받아들이기 버거워한다. 하지만 죽음은 분명하지 않다. 죽음은 고요한 침묵으로 이어지고, 삶과 죽음의 모호한 경계를 가져오곤 한다. 사랑하는 사람의 죽음은 삶과 죽음 사이에 존재한다. 하지만 불협화음을 내는 게 아니라, 조화로운 상태 속에 있을 때가 많다. 이 공간을 폐쇄하거나, 피하거나, 이제는 지나버린 과거로 축소해서는 안 된다. '능동적인 기억'이라고 부르는 과정을 통해서 적극적으로 받아들여야 한다. 즉, 고인을 열심히, 능동적으로 기억해야 한다.

미국이 아닌 다른 문화에서는 이런 죽음과 삶의 경계를 더 적극적으로 받아들여 왔다. 멕시코의 축제인 '죽은 자들의 날(Day of the Dead)'이나 힌두교의 시랏다(Sraddha), 마다가스카르의 파마디하나(Famadihana)가 대표적이며, 그 외에도 다양한 문화에서 고인을 적극적으로 기억하는 예를 찾아볼 수 있다.

선진국은 종교에서 분리되어 세속화되면서 다양한 장점을 갖게 되었다. 무엇보다 종교에서 흔히 발견할 수 있는 기적에 대한 막연한 기대감을 버릴 수 있게 되었다. 하지만 세속화 과정에서 사랑하는 고인들로부터 멀어졌다. 고인과의 관계를 고인을 보내면서 버려야 할 미신으로 치부하게 되었으며, 자신의 뿌리와 정신이 배척해야 할 과거와 연결되어 있다는 사실을 인정하지 않기 시작했다.

"고인께서 바로 이 자리에 계십니다"라는 말은 종교나 미신의 시각이 아니면 이해하기 어렵다. 하지만 나는 삶의 공간에서 고인과의 관계를 찾아야 한다고 믿는다. 매장하거나 화장했다고 해서, 사랑하는 사람과의 관계를 끝내서는 안 된다. 고인을 그리워하는 마음이나 고인에 대한 기억을 건강하게 받아들여야 한다.

능동적인 기억을 통해서 고인과의 관계를 유지하려면, 먼저 우리가 사는 이 세계에서 고인을 바라볼 수 있는 창이 있다는 사실을 인정해야 한다. 고인의 공간은 우리의 삶 주변에 계속 존재한다. 다만 간과하는 것뿐이다. 그들의 공간을 못 본 체하는 게 아니라 인정해야 한다.

오랜만에 가족들끼리 둘러앉아 밥을 먹을 때, 세상을 떠나 함께 하지 못한 가족에 관해 이야기하고, 그 가족을 그리워하는 건 전혀 잘못되거나 피해야 할 일이 아니다. 진심에서 우러나온 행동이라면 오히려 옳은 것이다. "밥 먹기 전에 할아버지에게 고맙다고 말하고 싶어요. 정말 그리워요. 우리가 이렇게 모여 있는 걸 보면 좋아하셨을 텐데"라는 식으로 솔직하게 감정을 인정하면 된다.

얼마 전 어떤 노신사의 전화를 받은 적이 있다. 바로 몇 개월 전에 아내를 잃으신 분이었다. 노신사는 자신의 이야기를 하고 싶어 했고, 나는 기꺼이 듣고 싶었다. 그는 아내를 잃는다는 게 생각보다 더 힘들다고 했다. 그런 그에게 누군가 슬퍼할 시간을 미리 정해야 할 이유는 없으며, 조급하게 감정을 정리할 필요가 없다는 조언을 했다고 한다. "아내 물건은 하나도 버리지 않았다오. 아내가 놓은 자리에 그대로 두었어요." 노신사는 그렇게 말하면서, 아침마다 생전의 아내와 함께 먹던 그대로 식사를 만들고 있으며, 밸런타인데이 때는 아내를 위한 선물도 샀다고 말했다.

"그러니까 좀 낫더라고요." 그분은 전화를 끊기 전에 마지막으로 말씀하셨다. "그런 행동들이 도움이 되었어요. 아내는 없지만, 전과 똑같이 아내를 사랑하니까요."

모두가 고인의 물건을 보관하지는 않는다. 고인과 함께했던 행동을 똑같이 반복하는 사람도 많지 않다. 하지만 단 몇 가지라도 고인을 물건을 간직하거나 고인을 기억하기 위한 공간을 만든다면, 그들의 존재를 기억하기 위한 창이 만들어진다. 제니퍼 누나의 가족들이 바로 그런 예였다. 가족들은 누나에 대한 기억을 되살리고, 삶 속에서 늘 가까이했다. 제니퍼 누나의 가족이나 그들의 방식에서 많은 것을 배울 수 있다는 생각이 든다.

사실 우리는 어딜 가든 망자와 함께한다. 우리가 하는 모든 행동에서 고인의 흔적을 찾을 수 있다. 그들의 생각은 우리의 생각이다. 우리가 가진 사랑 속에서 언제나 그들의 사랑의 흔적을 찾을 수 있다. 그들이 느꼈던 고통마저도 우리의 뼛속 깊숙이 남아 있다. 보이지 않으면 잊히기 쉽다. 자신은 어떤 것에도 거리끼지 않는 독립적인 존재이며, 자신이 만든 세상에 혼자만의 노력으로 서게 되었다고 오해하기 쉽다. 사랑하는 사람에 대한 기억이 수동적으로 머릿속을 스쳐가게끔 내버려 두곤 한다. 하지만 사랑하는 사람을 더 열심히 기억하는 편이 더 쉬울 수도 있다. 우리가 어디에서 왔는지를 기억하고, 무엇을 잃었는지를 깨닫도록 도와주기 때문이다. 우리가 매 순간 위대한 사랑의 증거를 목격하면서 삶을 살아가도록 힘을 주기 때문이다.

15

무슨 말을
해야 할까

사랑하는 사람의 죽음에 직면했을 때
느껴지는 슬픔은
마치 야생 동물처럼 길들일 수 없다.

몇 년 전이었다. 나뭇잎이 떨어지고, 마당 곳곳을 핼러윈 장식으로 꾸며놓을 때 즈음이었다. 병원의 말단 부검의에게서 급하게 부고를 알리는 전화가 걸려왔다. 그는 불안한 목소리로 "짐 리스 씨가 집에서 사망했어요. 가족들은 모두 여기에 있어요. 장의사에게 인수할 준비가 끝났으니까 빨리 오세요"라고 말했다.

"빨리 오세요"라는 말은 주변의 비명과 울부짖음에 묻혀 거의 들리지 않았다. 내가 치러야 할 장례식이 두 건이나 있어 빨리 갈 수 없으며 도와줄 사람을 구하려면 시간이 걸린다고 말하자, 그는 "누구랑 같이 안 오셔도 됩니다. 제가 도울 테니까 가능한 빨리 와주세요"라고 답했다.

서둘러 도착한 짐의 집 앞 도로는 먼저 도착한 차들로 꽉 메워져 있었다. 주차된 차들이 너무 많아 뜰까지 침입한 상태였다. 열 명도 넘는 짐의 친구와 가족이 좀비 같은 얼굴로 멍하니 현관을 바라보고 있었고, 그들 중 대다수의 손에는 담배가 들려있었다. 도롯가에 주차된 경찰차도 보였다. 짐처럼 갑작스럽게 사망하면 유가족들은 경찰에 신고해야 한다. 혹시라도 의심스러운 부분은 없는지 분명하게 확인하기 위해서다. 나는 차를 후진시켜서 주차된 차들이 만들어낸 미로 사이를 천천히 빠져나가 가능한 한 현관 가까이에 세웠다.

　그러고는 박하 향이 나는 사탕을 입에 넣고, 자동차 백미러로 넥타이가 제대로 매여 있는지를 확인한 다음 전문적인 장의사의 표정을 지었다. '전문적인 장의사의 표정'이란 평상시 내 표정과는 사뭇 달랐다. 슈퍼마켓에서 장을 볼 때나 운동을 할 때의 얼굴이 아니다. 집에 있을 때나 혹은 친구와 함께 있을 때의 얼굴과도 다르다. '장의사의 표정'을 짓는 것은 엄청난 노력이 필요했다. 장의사의 표정을 짓고 있을 때의 나는 매사 민감하고, 짜증이 날 만큼 강한 인내심을 보이고, 너무나 세심하다. 이 표정으로 두 시간 남짓 시간을 보내면 뇌가 완전히 작동을 멈추고 몸은 극도로 피로해졌다. 종일 이런 표정을 지을 수 있는 장의사도 있지만 나는 아니었다. 과연 내게 장의사라는 직업이 맞는지를 늘 의심하는 이유 중 하나다.

내가 차에서 내리자마자 경찰들이 나를 반기며 짐이 한동안 몸이 좋지 않았다고 설명해주었다. 과도한 음주와 패스트 푸드 때문에 심장과 간이 모두 망가지면서 병이 났다고 했다. 그는 시한폭탄 같았지만, 상태가 얼마나 심각한지 아는 사람은 없었다. 아니, 오늘까지는 그랬다고 한다. 경찰관들이 충격에 빠진 유가족들 사이로 나를 안내해 현관까지 데려다주었다. 그곳에서 나는 짐 리스의 동생인 칼 리스를 만났다.

짐은 거실의 한 가운데에 처음 쓰러진 모습 그대로 누워 있었다. 주변은 사람들로 둘러싸여 있었다. 그중 몇 명은 소리 높여 울고 있었고, 그보다 많은 수의 사람들은 멍한 눈으로 짐을 바라보고 있었다. 감정은 하품과 같아서 한 사람에게서 시작된 감정이 곧 연쇄 반응을 일으킨다. 안락의자에 앉아 있던 연로한 할머니 한 분이 숨을 제대로 쉬지 못하는 듯하더니 곧 목놓아 울어버렸다. 말단 검시관은 유가족들과 떨어져 거실 한구석에 서 있었다. 그는 아마 지금까지 몇 번이나 비극적인 죽음을 경험했을 것이다. 짐이 자살이나 끔찍한 사고로 사망한 것도 아니었다. 하지만 검시관은 목을 놓아 우는 유가족을 보기 불편해하는 기색이 역력했다.

장의사가 도착하면 곧 고인의 시신을 보내야 한다. 그래서 우리가 나타나면, 유가족들은 어떤 일이 벌어질지를 파악하고 그나마 남아 있던 이성의 끈마저 놓아버린다. 언뜻 생각하면 장의사들이 재빨리 일을 처리하는 게 최선인 것 같다. 다시 말해서 가족들의 감정을 무시하고 가능한 한 시신을 빨리 집 밖으로 운구해야 할 것 같다. 하지만 나는 이런 통념이 통하지 않는다는 것을 알고 있다. 너무 서두르면 고인을 사랑하는 가족들의 슬픔과 불안은 더욱 커진다.

나는 도니 아저씨를 비롯해 사랑하는 사람이 갑자기 떠나버렸을 때 주변 사람들이 느끼는 큰 고통과 감정의 혼란을 떠올렸다. 이제는 조금 더 현명하게 일을 처리할 수 있게 되었다. 죽음과 그 이후에 이어지는 침묵을 몇 번이나 경험한 덕분에 유가족들에게 훨씬 편하게 말을 건네는 법도 배웠다. 짐의 가족은 마음 놓고 슬퍼해도 된다는 허락이 필요했다. 그런데 바로 그 순간 이를 허락해야 하는 사람은 다름 아닌 나였다. 경험 덕분에 진부한 위로나 어설픈 종교적인 수사가 얼마나 무의미한지 알고 있었다. 그들이 내게 바라는 것은 확신과 힘을 주는 마법 같은 말이 아니었다. 그저 내가 무엇을 해야 하고, 어떻게 해야 마음을 진정시킬 수 있는지를 지적하는 무심한 장의사 노릇만 하지 않으면 되었다.

동생 칼은 나를 집안으로 안내해주었다. 칼은 가족 안에서 '강한 사람'의 역할을 맡고 있었다. 나는 그에게 지금까지 그랬듯이 계속 감정을 억누르면서 가족들을 진정시키고, 장의사가 왔다고 알리라고 부탁하지 않았다. 칼이 가족들을 진정시키려고 할 때마다 오히려 상황은 더욱 악화되었다. 비슷한 경험에서 보았을 때 칼의 방식이 먹히지 않는다는 것은 이미 알고 있었다.

"칼, 가족들 소개 좀 해줄래요?" 나는 그렇게 물었다.

"형과 같이 있는 여자 셋 중에서 둘은 우리 누나고, 한 명은 형 여자 친구예요." 주변의 소음 때문에 칼은 목소리를 약간 높여야 했다. 모두 눈물을 흘리느라 칼이 자신들을 가리키고 있다는 사실을 눈치채지 못했다. 칼은 안락의자에 앉아 있던 여인을 가리키며 "저기 저 사람이 우리 엄마고요"라고 설명했다.

나는 그의 어머니를 위로해드리고 싶다는 생각과 함께 얼마 전 호스피스 병동의 간호사에게서 배운 '세 가지 손길'을 떠올렸다. 첫 번째는 '욕망의 손길'이고, 두 번째는 '요구의 손길'이며, 마지막은 가장 드문 '헌신의 손길'이었다. 헌신의 손길은 사람의 가치를 인정하는 행동이다. 헌신의 손길은 강제력이 없고 불편하지 않으며, 상대를 존중하고 편안하게 만들어주는 힘을 가지고 있다. 일상에서 이 세 가지 손길을 구별하기는 어렵다. 마트에서 장을 보는데 누군가 당신을 갑자기 잡았다면, 욕망 때문인지, 아니면 요구 때문인지, 혹은 헌신을 위해서인지 파악이 쉽지 않다. 가까운 사람과의 관계도 예외는 아니다. 내게 중요한 사람의 손길에서도 그 의도를 파악하기는 어렵다. 그런데 욕망과 요구는 완전히 배제되고, 인간적이면서도 상대를 존중하며, 긴장감을 전혀 느낄 수 없는 헌신의 손길만 존재하는 장소가 있다. 그곳은 바로 죽음의 장소이다. 누군가 죽었거나, 혹은 죽음을 앞두고 있을 때, 서로를 끌어안고 어루만지면서 위로하기 쉬운 이유가 바로 이 때문이다.

짐의 어머니는 불안한 모습으로 홀로 의자에 앉아 있었다. 나는 어머니에게 다가가 물었다. "안아드려도 될까요?" 그러자 어머님은 고개를 끄덕이며 내 포옹에 화답해주셨다. 우리는 몇 분간 서로를 따뜻하게 안아주었다. 처음에는 어머님의 울음소리가 전보다 더 커졌지만, 곧 조용해졌다. 나는 질문을 시작했다. "괜찮아지실 겁니다"라거나 "곧 이겨 내실 거예요"라는 말 따위는 하지 않았다. 모두 거짓말이기 때문이었다. 나는 장례식을 처리할 장의사일 뿐이었고, 그들은 직접 장례를 치러야 하는 당사자들이었다. 나는 어색함을 이겨내면서 내 마음 편해지자고 건네는 틀에 박힌 말들을 아꼈다. 다음 장례 준비해야 한다거나, 이제 그만 감정을 추슬러야 한다는 조언도 건네지 않았다.

상투적인 말은 나를 방어하기 위한 행동이다. 내가 공포에서 벗어나 행복하다고 느끼기 위해서 건네는 말이다. 나 자신의 자존감을 위한 말이고, 동시에 유가족들이 건전하게 슬픔을 표현하지 못하도록 막는 말이다. 미리 짜놓은 것 같은 다음의 상투적인 말들은 죽음의 침묵과 불편함을 거부한다.

"시간이 약일 겁니다."

"이 또한 지나갈 겁니다."

"언젠가는 다시 만날 거예요."

나는 이런 상투적인 말 대신 상대방의 아픔을 이해하고, 솔직하게 감정을 표현하도록 돕는 말을 배웠다.

"저는 걱정하지 마세요. 기다릴게요."

"마음껏 우세요."

"힘드시죠. 유감입니다."

곧 어머님은 짐에 관해서 이야기하기 시작했다. 왜 아픈지 알고 있었지만, 이렇게 아픈지는 몰랐다고 하셨다. 아들이 혼자 병을 숨기고, 아무에게도 도움을 청하지 않았다면서 슬퍼하셨다.

마지막에 어머님은 지금까지 꺼려왔던 말을 꺼내셨다.

"아직 아이를 데려가지 않았으면 좋겠어요."

나는 원하는 만큼 기다릴 것이고, 몇 시간도 기다릴 수 있다고 대답했다. 방 안의 다른 사람도 들을 수 있도록 일부러 약간 목소리를 높였다. 가족들에게 감정을 위한 공간과 시간이 있다는 사실을 알려주기 위해서였다. 이제는 그만할 때라고 재촉하고 싶지 않았다. 가족들의 시간이었다. 사랑하는 사람의 죽음에 직면했을 때 느껴지는 슬픔은 마치 야생 동물처럼 길들일 수 없다. 억누르려고 하면, 아예 사라져버린다. 생포하면 죽어버리는 야생의 상어와 같다.

시간이 어느 정도 흐르자 가족들이 서로 대화하기 시작했다. 드디어 가족들이 짐을 보낼 준비가 되었다고 했다. 나는 그를 들것에 올리도록 도와달라고 했고, 우리는 함께 들것을 밀며 영구차까지 걸었다.

우리는 짐의 시신을 자동차에 실었다. 뒷문을 닫고, 가족들과 다음 날 아침 몇 시까지 장례식장에서 만나서 최종 준비를 마칠지에 대해서 의견을 나누었다. 가족들은 곧바로 화장하기를 바랐고, 그 전에 마지막으로 짐을 보겠다고 했다. 나는 가족들 한 사람 한 사람과 모두 포옹한 후 파크스버그로 돌아왔다.

집으로 돌아오는 길에 나는 드디어 내가 죽음에 관한 단어를 찾기 시작했다는 사실을 깨달았다. 그런데 생각했던 단어들이 아니었다.

정말 오랜만에 다시 글을 쓰고 싶다는 생각이 들었다. 사실 나는 평생 글을 써왔다. 창작 활동이라기보다는 나 자신을 표현하는 데 필요한 해방구였다. 나는 언변이 좋은 편이 아니어서 글로 내 감정을 풀어낼 필요가 있었다. 그래서 얼큰하게 취해 술집을 나와 비틀거리면서 길을 걷는 사람처럼 문장을 주절거렸다. 말보다 글이 편했다. 중학교에 다닐 때는 일기를 썼고, 고등학교와 대학교 때는 하나님에 대한 글을 지치지 않고 썼다. 오랫동안 나는 죽음이 주는 침묵을 상투적인 문구와 종교적인 표현, 장의사라는 직업에서 느낄 법한 침통함으로 채워왔다. 그 침묵을 편안하게 느끼고, 침묵이 내게 말을 걸 때까지 기다릴 시간이 필요했던 것 같다.

죽음의 침묵을 경험한 다음에는 사용하는 언어가 달라진다. 침묵을 겪은 후에는 "시간이 흐르면 모든 게 나아진다"는 식의 상투적인 말을 하지 못하게 된다. "신께서 다 계획하신 것"이라는 종교적인 말도 어색해진다. 대신 마음속에 숨어 있던 대담한 말들이 자연스럽게 흘러나온다. 감정을 꾸미지 않고 있는 그대로 담아서 말하고, 분명함을 바라지 않는다. 내가 얼마나 약한 존재인지 인정하며, 다른 사람들과 하나가 되기를 바라는 말이다. 포용하고, 서로 공감하고, 치유하는 말이다. 심지어 웃음도 포함된다.

다음 날, 나는 아내 니키와 8개월 된 외동아들 예레미야의 첫 번째 핼러윈을 준비하고 있었다. 우리 부부는 물려받은 핼러윈 의상 두 벌 중에 어떤 것을 예레미야에게 입혀야 할지 결정하지 못하고 있었다. 그러던 중 아내 니키는 "일하러 가요. 천천히 고르자고요. 옷을 골라 입혀서 장례식장으로 갈게요"라고 말했다. 나는 차를 타고 두 블록 떨어진 장례식장까지 운전했다. 장례식장의 열쇠는 낡았지만, 작동에는 문제가 없었다. 현관문을 열 때 알람은 울리지 않았다. 내가 가장 먼저 도착한 사람이 아니라는 뜻이었다. 사실 내가 제일 먼저 출근하는 일은 좀처럼 없었다. 늘 와일드 할아버지나 아버지가 나보다 빨랐다.

나는 장례식장에 도착하자마자 영안실로 건너가 장갑을 끼고, 짐의 얼굴 모양을 맞추기 시작했다. 일단 서랍에서 망자들을 위한 아이 캡(Eye Cap: 사망 후에는 근육 경직으로 눈이 뜬 상태가 되기 때문에 미국 장의사들이 오픈 캐스켓 때 시신의 눈을 감기기 위해서 사용하는 플라스틱 렌즈같이 생긴 도구 – 옮긴이)을 꺼내어서 눈꺼풀 아래에 넣고, 눈꺼풀 끝부분이 잘 감기도록 했다. 아이 캡의 삐죽삐죽한 표면 덕분에 눈이 다시 떠지지 않아서 풀은 생략했다. 가끔은 아이 캡을 써도 풀로 망자의 눈을 붙여야 하는 고약한 때도 있다. 고인의 입은 어제부터 벌어져 있었다. 나는 바늘과 실로 윗입술에서 시작해 왼쪽 콧구멍과 오른쪽 콧구멍을 꿰맨 후 다시 입술을 통과해 아래쪽 잇몸과 연결했다. 실의 양쪽을 단단하게 묶자, 오픈캐스킷 때 흔히 볼 수 있는 망자의 얼굴이 되었다. "좋아 보여요, 짐." 나는 그렇게 말하면서 장갑을 벗었다.

두 시간 정도 지나서 리스 씨의 가족이 삼삼오오 장례식장의 현관문으로 들어왔다. 나는 열 명 모두를 자리에 앉힌 후, 가족들과 함께 장례식을 준비할 우리 아버지를 소개했다.

곧 내 휴대전화가 울리기 시작했다. 나는 다른 방으로 가서 휴대전화를 받았다. 니키였다. "장례식장에 가서 할아버지에게 예레미야 핼러윈 의상 보여줘도 돼?" 나중에 예레미야가 커서 '할부지'라고 부르게 될 우리 아버지로 말할 것 같으면 스리 스투지스(Three Stooges: 미국의 유명 코미디언 그룹 - 옮긴이)를 연상시키는 몸개그에 능하셨다. 아버지의 유머 감각은 당시 생후 몇 개월밖에 되지 않았던 예레미야에게 잘 먹혀들었다. 아이는 할아버지가 식탁에 놓인 험프티 덤프티(Humpty Dumpty: 루이스 캐럴의 동화 『거울 나라의 앨리스』에 등장하는 달걀 캐릭터 - 옮긴이) 인형을 멀리 날려버리는 모습을 볼 때마다 자지러지게 웃었다. 덕분에 둘 사이는 유독 돈독해서, 지금도 서로의 가장 친한 친구이다. 아버지에게 예레미야의 방문은 늘 반가웠다.

'아버지가 유가족과 같이 있지만 괜찮아. 아기가 있으면 유가족들 기분이 조금은 나아질지도 몰라'라는 생각이 들었다.

"당연하지. 예레미야를 데려와요." 내가 대답했다.

장례식을 준비하는 곳에 8개월 된 아기를 데려오는 게 약간 불손하게 여겨질지도 모르겠다. 하지만 경건함과 숭배 사이에는 분명한 차이가 있다. 분위기가 경직되면 오히려 경건함이 사라진다. 미소나 웃음, 실수가 오히려 경건한 분위기에 도움을 줄 때도 있었다. 슬픔에 잠겨 장례식 준비를 하는 어른들 앞에 8개월짜리 아이가 나타나 도움을 줄 수도 있다. 경건함과 엄숙함은 다르다. 장례식은 대부분 너무 엄숙하다. 경건함은 서로에게 깊은 유대 관계가 있을 때 형성된다.

클리즈(John Cleese)는 경건함을 이렇게 설명했다. "지금까지 내가 갔었던 가장 아름다웠던 추도식 두 개를 꼽을 수 있다. 두 번 모두 유머가 넘쳤고, 참석자들에게 영감과 카타르시스를 안겨주었다." 존 클리즈의 경험을 뒷받침하는 연구결과도 있다. 연구에 따르면 마음이 가벼워져야 아드레날린이 감소해 이성을 되찾고, 서로 공감대를 형성할 수 있다고 한다. 롱(Christopher R. Long)과 그린우드(Dara Greenwood)의 연구는 죽음을 기억할수록(연구에서는 참여자들에게 계속 죽음에 대해서 생각하도록 자극했다), 유머 감각을 되찾고, 유머러스한 말도 할 수 있다는 사실을 확인시켜 준다. 덕분에 죽음이 만들어내는 긴장감을 덜어낼 수 있게 된다. 인간이 진화를 거치면서 걱정을 줄이고, 맹수와 싸우거나 달아날 때 필요한 아드레날린의 분비를 줄인 것과 비슷하다. 마음이 가벼운 것은 유약함과는 다르다. 아니, 오히려 그 반대이다. 마음이 가벼워야 경건해진다. 죽음과 연관된 경건함도 마찬가지다.

얼마 지나지 않아서 공룡 의상을 입은 예레미야가 현관문으로 들어왔다. 우리가 선택한 공룡 핼러윈 의상은 푹신한 천으로 만들어진 우주복이었다. 머리부터 시작해서 온몸을 감싼 형태였고, 작고 통통한 얼굴이 보일 만큼의 공간만 뚫려 있었다. 더 구체적으로는 그냥 공룡이 아니라 스테고사우루스여서 이마부터 꼬리 끝까지 작고 뾰족뾰족한 골판이 붙어 있었다. 공룡의 꼬리를 달고 장례식장에 나타난 예레미야는 순식간에 관심을 독차지했다. 아이는 할아버지에게 걸어오다가 짐의 어머님 앞에서 걸음을 멈추었다. 예레미야가 어머님에게 미소를 짓자, 어머님도 미소로 화답했다. 이윽고 어머님의 눈에서 눈물이 흐르기 시작했다. 예레미야는 친구인 할아버지에게 의상을 자랑하면서, 8개월짜리 아이가 할 수 있는 역할을 십분 보여주고 있었다. 모두가 웃었고, 예레미야도 따라 웃었다.

곧 대화의 주제는 예레미야에서 짐으로 옮겨갔다. 가족들은 짐이 어렸을 때 입었던 핼러윈 의상에 관해서 이야기를 나누었다. 짐의 어머님은 직접 의상을 만들어서 입혔다고 한다. 짐이 처음 입은 핼러윈 의상은 소방관 옷이라고 했다. 어머님은 지금도 어떻게 바느질을 해서 의상을 만들었는지를 기억하고 있었다. 짐은 소방관 옷을 입고, 입안에 물을 담아 소방차처럼 물을 쏘아대며 집안을 뛰어다녔다고 하셨다. 당시 어머님은 꽤 화가 났지만, 지금은 즐거운 추억이 되었다. 가족들의 눈에는 눈물이 그렁그렁하게 고였지만, 짐이 아이였을 때의 즐거운 추억에 잠겨 유쾌하게 웃었다.

잠깐이지만 짐이 살아 돌아온 것만 같았다. 이윽고 어머님이 아버지를 바라보며 말했다. "이젠 준비가 된 것 같아요." 아버지는 가족들을 마지막으로 짐에게 안내했다. 화장터로 그를 데려가기 전에 마지막 인사를 하기 위해서였다. 나는 가족들의 마음이 즐거운 추억과 풍만한 삶으로 가득 차 있다는 것을 알 수 있었다. 가족들은 서로를 위로하면서 짐에게 작별 인사를 하는데 필요한 힘을 얻었다. 경건한 순간이었다. 가족들은 웃음과 함께 도란도란 이야기를 나누며 짐을 만나러 갔다. 바로 전날, 슬픔을 고스란히 드러내던 것과는 전혀 다른 분위기였다. 그 또한 가족들에게는 필요한 과정이었다. 짐에게 마지막 인사를 하러 가는 그들의 발걸음에서 비통함은 찾아볼 수 없었다. 가족들은 불과 몇 시간 전에 깊은 절망을 경험했지만, 공룡 의상을 입은 8개월짜리 아이 덕분에 말과 평화를 되찾았다. 전날도, 그날도 모두 똑같이 경건한 시간이었다.

나는 장의사로 몇 년을 보내면서 죽음의 침묵을 경험했다. 그러다가 결국 절망의 나락으로 떨어지고 말았다. 하지만 이후 평화를 찾을 수 있었다. 나만의 언어를 찾게 되었고, 당시 유행하기 시작했던 블로그를 시작했다. '어느 장의사의 고백'은 내 블로그의 제목이다. 나는 블로그에 정신적인 고백과 정직한 생각을 담기 시작했다. 진심 어린 나만의 목소리를 찾는 데는 약간의 시간이 걸렸다. 그때 짐의 가족들과 함께했던 경험이 도움이 되었다. 조금씩 장례식 때 쓰려고 미리 준비해놓은 의례적인 말을 버리고, 사람들에게 사랑하는 고인을 기억하도록 격려했다. 무거운 마음을 내려놓고, 경건함을 찾을 수 있도록 도왔다. 이 모두가 사랑하는 사람의 죽음 앞에서 서로 이야기를 나누고 하나가 되기 위한 여력을 얻기 위해서였다.

블로그에 경험을 적으면서 다른 사람들과 공유할 가치가 있고, 경건하고, 긍정적이며, 멋진 이야기를 찾게 되었다. 죽음에 관한 글을 쓰면서 죽음이 가진 아름다운 면을 찾을 수 있게 되었다. 그뿐만이 아니었다. 죽음에서 아름다움을 찾고, 여기에 관해 이야기하고 싶은 사람이 나뿐만이 아니라는 걸 알게 되었다. 나와 같은 생각을 하는 사람들이 많았다. 죽음이 가지고 있는 특별한 장점에 관한 언어를 발견한 사람들이었다. 우리는 서로 함께하게 되었고, 죽음의 침묵을 매개체로 서로 공감하게 되었으며, 경건한 순간과 용감한 마음으로 하나가 되었다. 또 각자의 불완전한 말을 공유했다. 죽음 앞에서 완벽한 말을 찾아낸 사람은 아무도 없었다. 정확한 말을 찾아낸 사람도 없을 것이다. 하지만 같은 마음을 가진 사람들을 찾아내기에는 충분했다.

16

슬픔과 기쁨이
공존하는 곳

죽음은 있는 그대로 받아들일 때
삶의 원천이 될 수 있다.

삶과 죽음은 복잡하게 얽히고설키기 다반사이다. 그런데 아이 문제는 더 마음대로 되지 않았다. 나와 아내 니키는 아이가 생기지 않아 애를 먹고 있었다. 길고 오랜 노력 끝에 우리 부부는 생물학적인 문제로 아이를 가질 수 없다는 사실을 알게 되었다. 1년 동안 고민했던 아내와 나는 장례식으로 알게 된 입양 전문가에게 도움을 구했다. 가정 방문과 배경 조사, 개인적인 설문조사를 몇 번이나 거친 끝에 2012년 초겨울에 드디어 출산이 임박한 어떤 여성이 우리 부부를 양부모로 선택했다.

줄리아라는 이름의 여성이었다. 어리고, 혈혈단신이어서 의지할 곳이 없던 줄리아는 배 속에서 자라고 있는 아이에게 자신의 상황이 최선이 아니라는 결정을 내렸다. 결국, 줄리아는 입양 기관에 연락했고, 우리 부부를 곧 태어날 아기의 부모로 선택했다. 우리는 몇 번인가 만났고, 출산 몇 개월 전에 함께 아기에게 예레미야 마이클 와일드라는 이름을 지어주었다. 줄리아는 예레미야가 세상에 나올 때, 우리 부부가 병원에 함께 있기를 바랐다. 우리 부부로서는 아이의 탄생을 함께해달라는 부탁이 반갑기 그지없었다.

전화가 걸려왔을 때 나는 무덤가에서 고인을 위한 목사님의 마지막 추도문을 듣고 있었다. "칼렙." 전화를 건 사람은 아내인 니키였다. "줄리아 양수가 터져서 지금 병원에 간대. 어서 집에 와요!" 나는 만화 속 닌자처럼 조심스럽게 함께 장례를 치르던 아버지에게 다가가 속삭이는 목소리로 상황을 설명하고, 우리가 조화를 나르는데 사용하는 차에 올랐다. 일단 파크스버그로 돌아가 장례식 복장처럼 보이지 않는 평범한 옷으로 갈아입었다. 옷을 갈아입자마자 나와 니키는 병원으로 향했다. 이번에는 장례식이 아니라 새로운 생명의 탄생을 맞이하기 위한 길이었다. 이미 병실에 있던 줄리아가 병원에 도착한 우리 부부를 맞았다. 나는 줄리아와 그녀 어머니의 허기를 해결하기 위해서 맥도날드 햄버거를 사러 다녀왔고, 돌아와서는 줄리아의 자궁이 9.5센티미터 열렸다는 말을 들었다(본격적으로 진통이 시작되는 바람에 줄리아를 위해 사온 감자튀김은 몇 시간 후 내 차지가 되었다). 우리는 병실 밖으로 나왔다. 예레미야는 20분 만에 세상에 나왔다.

이후 이틀 동안 우리는 병원에서 지내면서 줄리아에 대해서 더 잘 알게 되었다. 지금도 우리 부부는 줄리아와 돈독한 관계를 유지하고 있다. 퇴원하는 날에 우리는 입양식을 위해서 예배당에 모였다. 입양 기관이 주도했던 입양식에서 우리는 감동으로 눈물범벅이 되었다. 절차가 끝나면 우리는 예레미야를 집으로 데려올 예정이었다. 예식이 시작되었을 때는 줄리아가 아기를 안고 있었다. 자신의 아이라는 뜻이었다. 하지만 줄리아는 적절한 시기에 예레미야를 니키에게 넘겨주었다. 지금 이 글을 쓰고 있는 순간에도 줄리아가 당시 얼마나 마음이 아팠을지 짐작도 가지 않는다. 니키가 예레미야를 받은 후, 나는 몸을 숙여 줄리아를 끌어안았다. 우리는 그렇게 한동안 서로를 안고 있었다. 난 눈물이 많은 편이 아니다. 그러나 예레미야의 입양식에서는 목놓아 울고 말았다.

줄리아와의 포옹 후 나는 전날 새벽 2시에 써놓았던 짧은 편지를 줄리아에게 읽어주었다.

당신을 사랑합니다. 당신의 강인함을 사랑하고, 지난 9개월 동안 생명을 잉태해왔던 당신을 사랑합니다. 우리에게 그 누구보다 더 큰 선물을 준 것에 감사합니다. 당신은 우리가 얻을 수 없었던 놀라운 선물을 주었습니다. 당신 덕분에 우리는 하나가 되었습니다. 예레미야 마이클이라는 선물이 우리를 가족으로 만들어주었습니다. 언제나 당신을 사랑할 거예요. 절대 잊지 마세요. 당신을 존경하고, 존중합니다. 온 마음과 우리가 가진 모든 것으로 당신의 아들을 사랑하면서, 당신에 대한 존경과 존중을 표현하겠습니다. 우리는 최선을 다해서 최고의 부모가 되겠습니다. 진심으로 예레미야를 사랑하고, 어떤 일이 있어도 늘 아이 곁에 있겠습니다. 명예롭고 선한 마음을 가진 아이로 키우겠습니다. 자신에게 생명을 주고, 배 속에 담았던 어머니를 존경하는 아이로 키우겠습니다. 언제나 당신을 깊이 존경할 것이고, 그와 같은 마음으로 예레미야를 가르치겠습니다.

지금까지 썼던 그 어떤 글보다 벅찬 감정이 담겨 있었다. 글을 다 읽자마자 내 콧구멍에서 무지막지하게 큰 콧물이 슬리퍼만 신은 헐벗은 줄리아의 발등으로 떨어졌다. 나는 화장지를 가져와서 줄리아의 발을 닦았다. 장례식에서 흔히 그렇듯이 어이없는 해프닝에 눈물바다는 곧 웃음으로 바뀌었다.

입양은 장례식처럼 슬픔과 기쁨이 공존하는 공간이다. 한 사람은 아기를 보내고, 다른 사람은 아기를 받는다. 그래서 기적이 엇갈리고, 삶에 음과 양이 존재하며, 새로운 삶과 슬픔이 공존하는 공간이다. 사람들은 대부분 새로운 생명에 집중한다. 입양의 좋은 면만을 보는 것이다. 우리처럼 불임인 부부가 생물학적으로 전혀 관계가 없는 아이에게 가정을 만들어주고, 아이에게 마음을 여는 것만 주목을 받는다. 하지만 아기를 낳은 생모가 양부모에게 아기를 보내면서 느끼는 고통과 상실감은 간과한다(어떤 때는 생물학적 아버지도 함께이다). 이 과정은 조금도 기쁘지 않고, 새로운 삶과도 관계가 없다. 입양은 새로운 생명의 탄생과 상실감이 불완전한 아름다움으로 포장된 과정이다.

하지만 덕분에 새로 태어난 예레미야 마이클과 그에 감사하는 부모로 구성된 우리 가족이 탄생했다. 예레미야는 완벽하지 않은 상황에서 태어난 완벽한 아이였다.

내게 예레미야의 입양은 특히 중요한 의미가 있었다. 바로 몇 년 전만 해도 나는 아이를 갖겠다는 희망을 잃어버린 상태였다. 죽음에 치여 피폐해진 마음 때문에 나도 좋은 아빠가 될 수 있을 거라는 믿음과 아이를 원하는 마음이 완전히 사라졌다. 우리 부부는 일찍 결혼했고 아이를 원했지만, 내가 장의사 학교에 입학하면서 학교를 끝날 때까지 기다리기로 했었다. 졸업 후 나는 가업을 이었고, 그 와중에 생각지도 않게 죽음에 관한 부정적인 생각에 몸과 마음이 완전히 소진되었다. 아이를 원하는 마음이 클수록 내가 아직 준비가 덜 됐다는 생각이 들었다. 아빠가 될 자신이 없었다. 아이들의 관점에서 아이를 낳는 게 최선이라는 확신이 없었다.

장의사라는 직업은 정확한 시간표에 따라 움직여야 한다. 게다가 나는 정신적으로 약한 편이었다. 죽음과 씨름하는 버거운 상태에서 멀쩡한 아빠가 될 수 없다는 것을 알고 있었다. 우리 아버지가 내게 주신 최고의 선물은 '아버지의 시간'이었다. 역시 장의사였던 우리 아버지에게 아들을 위한 시간을 내는 게 얼마나 힘든 일인지 너무나 잘 알고 있다. 더 열심히 일하고, 돈도 더 많이 벌고, 내게 더 좋은 것을 사주실 수도 있었다. 예를 들어서 AMC 페이서보다 더 좋은 차를 사주는 아빠가 될 수도 있었다. 하지만 아버지는 일을 줄이고, 더 적게 버는 대신 아버지의 시간을 더 많이 할애해주셨다. 니키랑 결혼 생활을 유지하는 내내 나는 아버지처럼 될 수 없다는 것을 알고 있었다. 나 자신을 가족들에게 더 많이 할애할 수 없었기 때문이었다.

그렇지 않아도 좋은 아빠가 될 수 없다는 자괴감에 빠져있는데, 일하면서 죽은 아이들을 너무 많이 보게 되면서 트라우마와 공포마저 생겨났다. 두려웠다. 아이를 잃을까 두려웠다. 태어나건 태어나지 않았건, 무사히 태어나건, 사산되건, 어떤 이유든 아이를 잃을 것만 같았다. 과연 내가 가족을 잃어도, 장의사의 역할을 병행할 수 있을지에 대해서는 자신이 없었다.

다양한 경험을 했지만, 특히 에린의 사연은 유독 기억에 남는다. 내가 막 장의사로 일하기 시작했을 때였는데, 에린은 생후 2주 만에 죽은 아들 데이비드의 장례를 부탁했다. 아이는 신생아 집중 치료 시설에서 태어나고 사망했다. 처음 만났을 때, 에린은 아이를 잃은 젊은 엄마였고, 도와줄 가족도 없었으며(생물학적 아버지는 에린과 헤어진 뒤였다), 경제적인 능력도 없었다.

1년쯤 지났을 때 에린이 우리에게 다시 연락했다. 임신 중기였는데 아이가 죽었다고 했다. 다만 이번에는 딸이었고, 이름은 몰리였다. 사산된 태아의 장례에 장의사까지 나서는 일은 거의 없어서, 장례식을 위해서 우리가 도움을 줄 수 있는 부분은 별로 없었다. 다만 에린과 리스(에린의 남자친구이자 몰리의 아버지였다)는 몰리를 데이비드 옆에 묻고 싶어서 우리에게 도움을 청했다.

에린은 2년도 채 안 되는 시간 동안 아이를 둘이나 잃었다. 우리는 첫 번째 아이의 장례식을 무료로 치러주었다(흔히 있는 일이었다). 두 번째 아이마저 잃은 에린과 리스가 얼마나 마음이 아플지 애처로운 마음에 둘째 아이도 무료로 장례식을 치러주겠다고 제안했다.

데이비드 장례식 때 우리는 묘지 측에 무덤을 만드는 데 드는 비용을 제해달라고 청했다. 에린에게 경제적인 여유가 없어서였다. 묘지는 근처 도시에 있는 교회의 소유였는데, 마지못해 하면서 비용을 받지 않겠다고 했다. 하지만 둘째인 몰리의 비용은 절대 포기할 수는 없다면서 실랑이를 벌였다. 에린과 리스에게는 큰돈이지만, 교회 측에는 적은 돈인 데다가 사정도 알고 있었지만 요지부동이었다. 우리는 연로한 구성원들로 이루어진 이사회에 부탁해 묘지 비용을 포기해달라고 했다. 그러자 "그럼 일부만 받을게요. 하지만 그 부부에게 다시는 이러지 말라고 전해주세요!"라는 답이 돌아왔다. 강자가 약자에게 휘두르는 권력이 보기 싫었던 나는 교회 측에 화가 났고, 자꾸만 에린에게 마음이 쓰였다. 짧은 시간 동안 아이를 둘이나 잃은 에린은 고통의 시간을 보내고 있었다. 하지만 교회는 무신경했다.

아이를 잃는 것은 너무나 힘든 일이다. 우리가 사는 사회에서는 어떤 이유 때문이건 사랑하는 사람이 죽었는데도 인정받지 못하는 슬픔이 있다. 반려동물이 죽었을 때도 그렇고, 사회적인 편견의 대상인 자살일 때도 그렇다. 사정이 여의치 않아서 아이를 보낸 엄마의 슬픔도 인정받지 못한다. 사회적으로 간과되고 인정받지 못하기 때문에 슬퍼할 권리마저 박탈당한다.

그중에서도 가장 흔히 간과되는 경우가 아기가 유산되었을 때의 슬픔이다. 에린의 경우도 마찬가지였다.

유산으로 잃어버린 아이에 대한 애도는 조용히 이루어진다. 이름마저 없는 슬픔이다. 아직 삶과 어떤 연관도 없는 아이에 대한 애도이기 때문이다. 학교 친구도 없고, 친구도 없고, 동료도 없다. 그래서 장례식도 치르지 않는다. 누구와도 공유할 수 없는 슬픔이다. 아이를 배 속에 담고 있던 엄마가 혼자 감당해야 하는 슬픔이다. 엄마는 유산의 원인이 자신은 아닐까 하는 죄책감을 느끼면서 홀로 슬픔을 감당한다. 잃어버린 희망에 대한 슬픔이기도 하다. 시간이 흘러도 타인과 공유하기 어려운, 혼자 삭여야 하는 슬픔이다. 이름 없는 영혼을 위한 애도이기도 하다.

그래서 트라우마가 된다.

힘들고 고통스럽다.

외롭고 무력하다.

유산을 겪은 후 더 강해지려고 했지만 몇 개월이나 몇 년이 지난 후에도 슬픔이 고스란히 되살아나는 사람을 몇 번이나 보았다(여자나 남자 모두 마찬가지였다). 억지로 지운다고 없앨 수 있는 감정이 아니다. 가족이나 친구들은 "잘 이겨낼 거야"라거나 "노력하면 돼"라는 말로 슬픔을 축소하지 말고, 인정해야 한다.

언젠가 대학에서 성인 대상의 종교 강의를 들었던 적이 있다. 교수님은 오히려 학생들보다 나이가 어렸지만, 매우 친했다. 어느 날 교수님은 아내가 유산했다면서 기도를 해달라고 부탁했다. 하지만 기도를 부탁한다고만 짧게 말했을 뿐, 대수롭지 않게 여기는 듯했다. 여학생 중 누군가 교수님에게 물었다 "아내분은 어떠세요?"

교수님은 "괜찮아요. 그냥 유산인 걸요 뭐"라고 답했다.

그러자 또 다른 여자분이 재빨리 반박했다. "교수님께는 아무 일이 아닐지 몰라도 아내분은 다를 거예요. 교수님이 그렇게 행동하면 나중에 더 큰 문제가 될 수도 있어요." 맞는 말이었다. 몇 달 후 교수님은 학생들에게 아내가 우울증을 겪고 있으며, 최근 상담을 시작했다고 알려주었다.

임신 중 어느 시기에 유산이 됐는지가 슬픈 정도에 영향을 미치기도 하지만(곧 출산한다는 기대감이 높아졌기 때문이다), 그렇지 않을 때도 있다.

유산 후 아이를 애도하면서 느끼는 슬픔은 인정받지 못하지만, 슬픔이 아닌 것은 아니다. 사람들은 유산으로 인한 슬픔을 인정하길 꺼린다. 아마 묘지 측에서 에린에게 아직도 비용을 받아야겠다고 우기는 것도 같은 이유 때문일 것이다. 굳이 친절을 베풀어야 할 만큼 고통스러운 일이라고 생각하지 않기 때문이다.

하지만 이번만큼은 에린에게는 슬픔을 함께할 사람이 있었다. 바로 리스였다. 리스가 장례식장 문을 들어서는 순간, 우리는 그가 얼마나 좋은 사람인지 단박에 알 수 있었다. 그저 좋은 사람이 아니라 에린에게 더할 나위 없이 좋은 사람이었다. 아이를 잃고 힘들기는 자신도 마찬가지였지만, 에린을 이해하려고 노력하고, 에린의 마음을 먼저 헤아렸다. 에린의 첫 아이인 데이비드가 자신과 전혀 상관이 없었지만 몰리를 그 옆에 묻고 싶다는 에린의 의견을 전적으로 존중했다. 몰리를 잃었기 때문에 두 사람이 더 가까워진 것인지는 알 수 없었다. 다만 리스가 에린에 대한 애정을 분명하게 드러냈다는 것만큼은 확실하다.

몰리를 데이비드 옆에 묻고 몇 년이 흘렀다. 나는 지역 교회에서 오픈 캐스킷 장례식을 치르고 있었다. 나는 방명록 옆에 서서 조문객들에게 이름을 적을 곳을 알려주기도 하고, 조문 카드를 나누어 주고, 날씨에 대해 잡담도 하면서 장례식을 보조했다. 그때 에린이 교회 문으로 들어왔다.

그때까지도 나는 에린의 일을 마음 아파하고 있었다. 묘지 측이 에린에게 못되게 굴었다는 생각도 있었고, 리스의 사랑에 깊은 인상을 받았기 때문이기도 했다. 하지만 무엇보다 중요한 이유는 에린의 사연이 마음속에서 잊히지 않았기 때문이었다.

"어떻게 지내셨어요?" 에린이 물었다. 아무 의미 없는 안부 인사였지만, 동시에 별일은 없는지를 확인하는 의미도 담겨 있었다. 나 역시 비슷한 인사를 건네는데 리스가 교회 안으로 들어왔다. 손에는 이동식 카시트가 들려있었고, 그 안에는 아기가 앉아 있었다. 그 옆에는 이제 겨우 걷기 시작한 아이가 따라붙었다.

"리스 기억하세요?" 에린이 물었다.

"그럼요."

"이제 우리는 부부예요!"

"축하해요. 이 친구들은 누군가요?" 나는 기쁜 마음으로 물었다.

"둘째는 이제 6개월인데 이름이 아이다예요. 큰 애는 두 살이에요. 이름은 재스민이고요."

나는 재스민 앞에 쪼그리고 앉았다. 성스러운 기적을 직접 눈으로 보고 있는 것 같은 기분에 눈물이 나려고 했다. 아이가 너무나 아름답고 강한 인간애로 만들어진 상징처럼 보였다.

재스민은 큰 눈과 부끄러운 듯한 미소를 가진 작은 아이였다. 나는 애써 아무렇지 않은 태도로 아이와 악수를 하면서 "만나서 반갑다"고 말했다.

그러고는 다시 일어나 구석으로 갔다. 누가 보기 전에 재빨리 눈물을 훔치기 위해서였다. 앞에서도 말했지만 나는 잘 울지 않는다. 몇 년 동안 일을 하면서 감정을 억눌러 왔기 때문에 마음에 굳은살이 박였다. 하지만 아주 가끔 마음속 깊은 곳에 말랑한 부분이 자극을 받으면, 감정이 고스란히 되살아났다. 왜 재스민을 보고 눈물이 흘렸는지 너무나 잘 알고 있었다. 지난 몇 달 동안 번민했던 생각 때문이었다. 재스민을 보면서 아이를 갖고 싶고, 아버지가 되고 싶다는 생각이 생생하게 되살아났다. 삶에 대한 깊은 열망도 다시금 타올랐다. 죽음에 관한 부정적인 사고방식이 만들어낸 그림자 속에서 음과 양이 희망처럼 빛을 발했다.

갑자기 이 세상에 아이를 낳아도 충분히 안전할 것 같다는 생각이 들었다. 아이가 힘들어하고, 상실감을 느끼고, 죽음을 경험하더라도, 세상은 너무 좋고, 훌륭하고, 놀라워서 그 모든 게 가치가 있다는 믿음이 생겼다.

재스민과 아이다를 만난 후부터 우리 부부는 피임을 중단하고 임신을 위한 노력을 시작했다. 그런데 1년이 지나도 소식이 없었다. 결국, 우리는 불임 클리닉에 등록했다. 의사는 니키의 몸 안에 호르몬을 왕창 집어넣고 무슨 일이든 벌어지기를 기다렸다. 드디어 난포가 만들어졌고, 두 번이나 수술을 치렀다. 우리가 가진 의료 보험은 불임 치료 비용을 지원하지 않았다. 호르몬 주사 이후 여러 치료를 거치는 동안 은행 잔고와 희망은 모두 바닥을 드러냈다.

"아이는 안 가지세요?"라고 묻는 사람들에게 처음에는 "지금 노력하고 있어요"라고 농담조로 답했다. 시간이 지나면서 우리 부분은 같은 질문을 들으면 전보다 더 분명한 답을 하게 되었다. "생물학적으로는 갖지 못할 거예요."

유산이나 사산을 겪은 적은 없었다. 하지만 슬퍼할 자격마저 박탈당했고, 남들은 잘 모르는 유산과 사산의 아픔을 조금은 이해할 수 있을 것 같았다. 이처럼 오랜 불임 끝에 찾아온 예레미야는 그만큼 더 애틋했다.

가끔 슬픔에 완전히 둘러싸여서, 언젠가는 기쁨이 찾아올 것이라고 자신을 다독이며 버텨야 할 때가 있다. 리스가 에린을 사랑하고, 그 슬픔을 이해했던 것처럼 음과 양이 조화를 이루면서 사랑의 잉걸불을 살릴 수 있다. 삶의 잉걸불을 찾아서 다시 타오르도록 불씨를 지필 수 있다. 불을 살리려면 세심한 주의가 필요하지만, 삶은 가장 어두운 장소에서도 늘 존재한다. 늘 모습을 드러내려고 하고, 빛을 발하려고 한다.

삶은 가장 깊고 어두운 바닷속에도 찾을 수 있고, 두꺼운 콘크리트와 아스팔트를 뚫고 나오는 힘이 있다. 유산한 여인의 뱃속에서도 자라나며, 스스로 생명을 만들어낼 수 없는 부부에게도 찾아온다. 삶은 회복력을 가지고 있으며 용감하다. '할 수 없다'거나 '하지 않을 것'이라거나 '아니다'와 같은 말은 믿지 않는다. 죽음의 부정 속에서 삶은 긍정을 말한다. 사람은 긍정을 찾아낼 때 숨을 쉬고, 불씨를 되살리고, 자신을 있는 그대로 받아들일 수 있다.

하지만 이를 두고 음과 양이라고 할 수는 없다. 죽음과 삶이라고 할 수도 없다. 0과 1로 양분된 이진법이 아니다. 사람은 죽음에 대한 부정적인 설명에 과도하게 노출되고, 긍정적인 설명에는 적게 노출된다. 하지만 이들 두 가지는 서로 반대되는 적이 아니다. 서로 함께 공생해서 하나가 된다. 죽음은 믿기 힘들 정도로 고통스럽다. 가장 어두운 순간이며, 인간이 상상할 수 있는 가장 이겨내기 힘든 시험이다. 그런데 죽음은 새로운 삶의 출발점이 되기도 한다.

죽음은 어디에나 있다. 죽음은 삶의 모든 측면에 존재한다. 우리가 무엇을 먹든, 그게 채소이건 육류이건, 그 모든 즐거움과 형태는 우리의 생존을 위한 자연의 희생이다. 채소와 육류를 먹으면서 살아온 우리의 신체는 언젠가는 땅속에 묻힌다. 그곳에서 아무리 미미하다고 할지라도 또 다른 생명체를 위한 먹이가 될 것이다. 우리가 먹는 모든 것은 거의 모두 무엇인가 희생해서 만들어진 것이다. 살아 있는 생명이 죽으면, 그 안에서 새로운 삶이 만들어진다. 모두 소소한 작은 삶들이지만, 어디에서나 찾을 수 있다. 줄리아는 예레미야를 낳았지만 포기했다. 그에게는 아기를 포기하는 행동은 슬픔이자 그림자였다. 타인을 위해 무언가를 희생하는 것도 죽음이라고 할 수 있다. 하지만 줄리아 희생은 우리에게 삶을 주었다.

삶과 죽음의 두 가지 이야기는 서로 혼재되어 우리의 일부가 된다. 우리는 삶 속에 죽음을 받아들이고, 이를 통해 교훈을 얻는다. 사람은 누구나 죽는다. 그래서 죽음과 삶 사이의 긴장 상태가 형성된다. 사람은 음식, 사랑, 소속감, 헌신, 삶, 안식처를 갈구한다. 이 모두가 인간의 영혼을 탄생시키는 자궁과 같다.

이 세상이 절실하게 필요로 하는 아름다움의 스펙트럼을 만들어내는 것은 인간의 영혼이다. 에린이 죽음 한가운데서 삶을 찾은 것도 모두 이런 영혼 덕분이다. 예레미야와 줄리아, 니키, 나를 하나로 묶어준 것도 모두 인간의 영혼과 삶을 위한 노력 덕분이다. 죽음은 우리를 아름답게 만들어준다. 죽음은 전체를 포용하고, 빛과 어두움을 받아들이며, 고난으로부터 밤낮으로 우리를 보호한다. 엘리자베스 퀴블러 로스는 다음과 같이 설명했다.

우리의 지인 중에서 가장 아름다운 사람은 패배를 알고 있고, 고통을 알고 있으며, 고된 노력을 알고 있고, 상실에 대해 알고 있으며, 밑바닥에서 빠져나오는 법을 알고 있는 사람이다. 이들은 이해할 줄 알고, 민감하며, 온정과 부드러움, 깊은 사랑과 걱정으로 채워진 삶을 이해한다. 아름다운 사람들은 그냥 만들어지는 게 아니다.

아름다운 사람들은 고통스러운 몸부림 속에서 만들어진다. 콜베어(Stephen Colbert)는 전문가이자 유머 넘치는 작가이며, 유명 TV 프로그램의 호스트이고, 죽음의 어두운 부분과 밝은 부분을 알고 있으며, 죽음과 삶이 어떻게 선함을 만들어내는지 알고 있다. 콜베어는 열 살의 나이에 아버지와 형제인 피터와 폴을 비행기 사고로 잃었다. 「GQ」 잡지의 조엘 러벨(Joel Lovell)은 기사에서 콜베어에 대해서 이렇게 적었다.

콜베어는 손가락으로 테이블 위에 호를 그리면서 조심스럽게 말했다. "아버지와 형제들이 죽은 후 혼자 남겨진 시간이 많았습니다. 오랫동안 엄마와 나 둘뿐이었어요. 하지만 어머니 덕에 저는 비통해하지 않았습니다. 어머니가 몸소 보여주셨어요. 어머니는 슬픔을 부정하지 않으셨죠. 물론 상처를 받았습니다. 하지만 비통해하지는 않았어요."

그는 어머니가 자신을 위해서 그렇게 행동해야만 했다고 말했다.

"건강하게 슬픔과 교감하고 수용했습니다. 고통 때문에 좌절하는 것과는 다릅니다. 있는 그대로 받아들이는 건 패배하는 게 아니에요. 현실을 인정하는 것입니다." 더 자세하게 묻고 싶은 상대방의 마음을 안다는 듯이 그는 미소를 지으면서 "폭탄을 사랑하는 법을 배워야 해요"라고 말했다.

콜베어는 이후 즉흥극에서 폭탄에 관한 언급을 했다. 즉흥

극은 실패할 가능성이 크다. 그는 아버지와 형제들을 회상하면서 이렇게 말했다.

"그래요. 난 열 살 때 폭탄을 안게 됐어요. 폭탄은 완전히 폭발했어요. 하지만 전 폭탄을 사랑하는 법을 배웠죠. 그래서인 것 같아요. 뭐 잘은 모르겠어요. 다만 제가 무대에서 미친놈처럼 화를 내고 괴물같이 굴지 않는 건 폭탄을 사랑하는 법을 배웠기 때문일 거예요. 절대 일어나서는 안 된다고 생각했던 일을 사랑하는 거죠."

전체를 보는 건 어렵다. 사람들은 매사를 흑백 논리로 판단하려고 한다. 옳거나 그른 것으로 보고 싶기 때문이다. 공화당과 민주당, 남성과 여성, 밤과 낮, 삶과 죽음, 사랑 혹은 미움 등 이분법적으로 나눈다. 이분법은 복잡한 세상을 헤쳐나가는 데 도움이 된다. 하지만 '혹은'보다는 '그리고'가 대부분인 세상이기 때문에 늘 도움이 되지는 않는다. 우리도 콜베어처럼 증오의 대상을 사랑해야 한다.

죽음은 있는 그대로 받아들일 때 삶의 원천이 될 수 있다.

이제 예레미야는 네 살이 되었다. 삶과 죽음이 혼재된 내

일상은 부모로서의 나에게 영향을 미쳤다. 가끔 나는 가장 최악의 사건이 발생할지도 모른다는 두려움에 떤다. 가끔은 아이의 안전이 너무나 걱정이 된다(대부분은 괜찮지만). 아이의 안전을 위해서 형편보다 과한 차를 샀고, 밤에는 아이가 살아 있는지 두 번, 세 번 확인한다. 아이가 여전히 숨을 쉬고 있는지 확인하려고 가슴에 가만히 손을 올려놓을 때도 있다.

나는 늘 죽음 가까이에 있고, 불임으로 고통받았다. 또 예레미야에 대한 줄리아의 사랑과 용기도 보았다. 그래서 이 아이의 생명은 내게 너무나 소중하다. 모든 것에 진심으로 감사한다. 우리가 함께하는 매 순간, 아이와의 레슬링 한판, 함께 읽는 책 한 권, 함께하는 한 끼의 식사, 아이가 내게 하는 질문, 아이에게 무엇인가를 가르쳐주는 순간이 너무나 감사하다. 심지어 어려운 시간에도 감사하며, 못된 행동에도 감사한다(아이만 못된 행동을 하는 게 아니라 나 역시 못되게 행동할 때가 있다). 아이가 성질을 부릴 때, 투정이 도가 지나칠 때도 감사한다. 삶이 얼마나 짧은지를 알고 있어서 나는 늘 현실에 충실하려고 노력한다. 이런 마음은 피곤할 때, 퉁명스러워질 때, 인내심이 부족해질 때도 도움이 된다. 나는 절대 좋은 부모는 아니다. 하지만 죽음 가까이에 있고, 죽음을 알고 있어서 더 나은 부모가 된다. 아마도 삶의 고통과 상실을 알지 못했다면, 지금처럼 감사하고, 지금처럼 인내심을 가지고, 지금처럼 현실에 충실하고, 지금처럼 예레미야를 사랑할 수 없었을 것 같다.

모든 면에서 나는 죽음이 가진 선함의 덕을 본 사람이다.

어느 장의사의 열 가지 고백

우리 집은 대대로 죽음을 다루는 직업을 가졌지만, 10년 넘게 나는 가업을 잇지 않으려고 했다. 매일 나는 슬픔과 고통, 눈물, 콧물, 그리고 그보다 덜 매력적인 체액 주변에서 살고 있다. 나는 장례식장에 가장 먼저 가야 하고, 장례식이나 묘지를 가장 마지막으로 떠나는 사람이다. 가장 고통스러운 날을 누구보다 먼저 시작하고, 맨 마지막으로 마무리한다.

어떻게 보면 내가 선택한 건 아니다. 하지만 또 어떻게 보면 결국 이 일을 갖게 된 데 감사한다. 불가능하다고 생각했던 의미를 발견했기 때문이다. 이 의미가 장의사라는 직업의 한 부분이라고 생각한다. 나는 누구나 죽음의 의미 앞에서는 마음을 연다고 믿는다. 인간은 누구나 죽는다. 하지만 삶의

한계를 슬퍼하고, 죽음을 두려워할 필요는 없다. 이 두 가지
는 오히려 우리를 살아 숨 쉬게 하며, 자신에게 더 진실하고,
우리 주변에 더 최선을 다하도록 만들어준다.

이 이례적인 일을 하면 할수록 죽음이 가진 의미 열 가지
를 배우고 믿게 되었다. 이 책의 독자들이 기억했으면 하는
것이기도 하다. 독자들이 이 열 가지 의미를 되새기며, 죽음
을 더 긍정적으로 받아들일 수 있기를 바라며, 삶이 공포가
아닌 경건함으로 충만하기를 바란다.

● 죽음에 대한 부정적인 인식은 죽음이 전혀 좋은 것이
   아니라고 한다. 인간의 진화가 만들어낸 유산이며, 각
   종 뉴스를 통해 일반화된 인식이다. 사람들이 의료 기
   관과 전문적인 장의 시설에서 죽은 고인과 그들의 죽
   어가는 모습을 숨기면서 더 악화되었다. 하지만 이게
   전부가 아니다. 죽음은 삶의 자연스러운 일부분이다.
   죽음을 건강하게 이해하게 될 때, 그 안에서 아름다움
   을 발견할 수 있다.

● 죽음은 길들일 수 없다. 죽음은 우리의 마음을 열 수
   도 있고, 마음을 망가뜨릴 수도 있다. 죽음으로 마음을

연 사람들은 온정·이해·용서, 그 외의 여러 가지를 위한 여지를 찾는다. 마음을 열도록 노력해보자.

● 죽음은 무시할 수 없다. 과거로 치부할 수도 없다. 죽음이 만드는 특별한 공간은 시간을 멈추고, 삶의 의미를 되돌아보게 한다. 죽음은 사람들에게 잠깐의 휴식기를 만들어준다. 죽음의 안식일을 갖게 하고, 삶을 반추하고, 생각하고, 돌아보게 한다.

● 천국이나 사후 세계만 중요하게 생각하면 이곳에서의 가치나 죽음의 가치를 축소하고, 무시하게 된다. 이곳 지상에서 살아가는 법을 배우면, 이곳의 장점과 죽음이 가진 장점도 찾게 된다. 죽음은 지금 이곳에서의 삶이 얼마나 소중한지 보여주고, 감사하게 만든다.

● 죽음은 목소리가 없다. 죽음의 침묵을 받아들이면, 죽음도 수용할 수 있게 된다. 침묵을 받아들이자. 침묵을 채워야 할 필요는 없다.

● 죽음에 대한 부정적인 인식은 죽음을 부끄럽게 여기

도록 만든다. 긍정적인 인식은 언젠가는 죽게 된다는 사실 앞에서 진정한 나 자신을 발견하도록 도움을 준다. 배우고, 성장하고, 극복하면서, 타인과 나 자신에게 인내심을 갖도록 하자.

● 가끔 죽음과 죽어가는 과정에서의 경험은 지상에서 천국을 경험하게 한다. 죽음을 중심으로 만들어진 공동체는 에덴동산과 같은 순간을 만들어낸다. 이렇게 만들어지는 공동체에 의지하고, 그 관계를 소중하게 생각해야 한다.

● 죽음은 거대한 우주와 같아서, 그 안에서 의미를 발견하고, 서로 간의 차이를 넘어서, 함께 모일 기회를 제공한다. 죽음이 아니었다면 가능하지 않았을 타인에 대한 사랑을 찾아야 한다.

● 능동적으로 고인을 기억하다 보면 슬픔에는 끝이 없다는 사실을 인정하게 된다. 또 삶 속에 사랑했던 고인을 받아들일 수 있게 된다. 열심히 기억하자. 고인이 된 사람은 사랑하는 사람들을 절대 떠나지 않는다는

것을 기억하자.

죽음을 받아들이는 것은 제대로 된 삶을 살기 위한 중요한 요소이다. 죽음을 수용하고, 죽음을 더 가까이하고, 죽음을 제대로 바라볼 때, 삶에 더 충실할 수 있다.

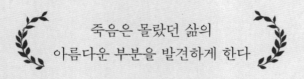

죽음은 몰랐던 삶의
아름다운 부분을 발견하게 한다

감사의 말

내가 장의사로 살아갈 수 있게 해준
사랑하는 사람들에게

책을 쓰느라 일하는 시간이 줄어들었을 텐데도 나를 해고하지 않으셨던 아버지와 와일드 할아버지에게 감사드린다. 넘치는 사랑을 준 니키와 예레미야에게 고맙다. 커피는 글을 쓰다가 막혔을 때, 에피소드를 풀어낼 수 있는 연료가 되어 줘 고맙다. 마지막으로 파크스버그 사람들에게 감사드리며, 내가 가장 약했을 때, 삶의 밑바닥에 있을 때, 아름다운 영혼을 보여주신 것에 감사한다.

길들여지지 않는 슬픔에 대하여

펴낸날	**초판 1쇄 2018년 8월 20일**

지은이	**칼렙 와일드**
옮긴이	**박준형**
펴낸이	**심만수**
펴낸곳	**(주)살림출판사**
출판등록	1989년 11월 1일 제9-210호

주소	**경기도 파주시 광인사길 30**
전화	**031-955-1350** 팩스 **031-624-1356**
홈페이지	http://www.sallimbooks.com
이메일	book@sallimbooks.com

ISBN	978-89-522-3949-5 03840

※ 값은 뒤표지에 있습니다.
※ 잘못 만들어진 책은 구입하신 서점에서 바꾸어 드립니다.

이 도서의 국립중앙도서관 출판예정도서목록(CIP)은 서지정보유통지원시스템 홈페이지
(http://seoji.nl.go.kr)와 국가자료종합목록시스템(http://www.nl.go.kr/kolisnet)에서
이용하실 수 있습니다.(CIP제어번호: CIP2018025418)

책임편집·교정교열 **문수정**